브런치
하실래요

브런치
하실래요

출간을 망설이는 예비 작가를 위한 책 쓰기 에세이

복일경 지음

세종
마루

글쓰기의 목적은 살아남고 이겨내고
일어서는 것이다. 행복해지는 것이다.

- 스티븐 호킹

글쓰기가 쉽다는 거짓말

'달 밝은 밤에 그대는 무슨 생각 하나요, 그대 생각하다 보면 모든 게 궁금해요.' 나도 모르게 흥얼거린 노래에 깜짝 놀랐다. 예전엔 궁상맞다고 그토록 싫어했던 노래가 이렇게 술술 나올 줄이야. 하지만 궁금한 건 사실이었다. 내 앞에 수북하게 쌓여있는 저 원고 뭉치들이 과연 책이 될 수 있을지. 만약 책이 된다 해도 누가 사서 읽어주는지, 길가는 아무라도 붙잡고 묻고 싶었다. 이럴 땐 맘 놓고 얘기할 사람이라도 있으면 좋으련만, 아무리 생각해 봐도 떠오르는 사람이 없다. 그나마 나의 일거수일투족을 알고 있는 남편이 제일 만만하지만, 갈수록 '새 나라의 어린이'가 되어가는 남편은 이미 꿈나라로 떠난 지 오래다.

깊은 겨울밤, 홀로 식탁에 앉아 한숨만 내쉬던 나는 기어이 두 번째 맥주캔을 따고 말았다. 시원쌉쌀한 맥주가 목젖을 타고 내려와 심장까지 파고들었다. 하지만 이미 피어오른 마음속 불꽃은 차디찬 맥주에도 좀처럼 사그라지지 않았다. 나는 두 번째 캔의 마지막 한 방울까지 입에 털어 넣은 옆에 밀어놓았던 원고를 집어 들었다. 어떻게 보면 괜찮아 보이고, 어떻게 보면 지질하기 짝이 없는 그 원고들은 일주일마다 브런치에 연재했던 서른 개의 글이었다. 또다시 마음속에서 불꽃이 확 일었다. — 출간할 것인가, 말 것인가.'

처량 맞아 보이는 앞글은 지금으로부터 일 년 전 내가 썼던 일기다. 당시 나는 출간을 앞두고 꽤 골머리를 앓고 있었다. 책이나 강연에서는 책 쓰기가 식은 죽 먹기보다 쉽다고들 했지만, 나는 다 쓴 원고를 두고도 선뜻 출간에 나서지 못했다. 사실 책 쓰기가 쉽다니 가당키나 한 얘긴가. 작가 김연수 씨 같은 유명 작가도 책을 몇 권이나 내고서야 자신이 글쓰기에 소질이 없다며 소설 쓰기를 그만둔 적이 있다고 하지 않던가.

그렇기에 사람들은 내게 묻는다. 어떻게 작가가 되었느냐고, 어떻게 책을 냈냐고 말이다. 그토록 많은 책과 강연이 흘러넘침에도 사람들은 여전히 책 쓰기를 궁금해한다. 블로그에서 책으로 펴낸 글보다, 출간 후 장난처럼 썼던 출간하는 과정에 관한 내용이 더 많은 조회 수를 보인 까닭도 바로 그런 이유 때문이었다. 왜일까? 그토록 쉽다는 책 쓰기에 사람들이 여전히 머뭇거리는 이유는 뭘까.

　생각해 보면 나 역시 그랬다. 책은커녕 독후감 하나 쓰지 못했던 내가 출간에 이르기까지는 참으로 많은 우여곡절이 있었다. 평범한 아줌마가 작가로 변신한다는 게 결코 쉬운 일은 아니기 때문이다. 하지만 어렵다고 겁먹을 필요도 없다. 그 증거가 바로 나 자신이니깐. 그래서 써보기로 했다. 집에서 살림만 하던 내가 어떻게 작가라는 이름을 갖게 되었는지.

　누군가는 내게 그럴 자격이 있느냐고 물을 수도 있다. 겨우 책 한 권 낸 주제에, 뭐 그리 할 말이 많냐고 말이다. 하지만 아이들의 마음을 아이들이 더 잘 알 듯, 초보들의 마음도 초보인 내가 더 잘 알지 않겠는가. 나 역시 글쓰기나 책 쓰기에 관한 유명 작가나 에디터들의 책을 뒤적여 봤지만, 별다른 도움을 받지 못했다. 왜냐하면 그들은 하나같이 작가가 된 이후부터 이야기를 시작했기 때문이었다. 작가가 된 이후에 어떻게 글을 썼는지, 어떻게 책을 냈는지만을 얘기했다. 하지만 사람들이 정작 궁금한 건 그 이전이 아닐까. 애당초 왜 글을 쓰게 됐는지, 어떻게 시작했는지를 말이다.

그렇다면 나를 따라오시라. 평범하기 짝이 없는 한 아줌마가 어떻게 작가가 되었는지 알려줄 테니 말이다.

2020년 가을
복일경

개정판을 축하하며

『브런치 하실래요』를 출간한 지 벌써 3년이 되어간다. 그동안 나에게는 많은 변화가 있었다. 장편 소설 『은유법』을 출간해 그토록 바라던 소설가가 되었고, 1인 출판사를 통해 네 권의 책을 세상에 내놓았다. 그중 두 권은 '한국출판문화산업진흥원'의 '우수출판콘텐츠 제작 지원사업'과 '중소출판콘텐츠 창작 지원사업'에 각각 선정되기도 했다.

물론 3년이란 시간 동안 전진만 했던 건 아니다. 어디로 가야 할지 몰라 한없이 주저앉아 있었던 적도 있었고, 작가의 길을 후회하며 뒷걸음치기도 했다. 하지만 결국엔 나는 작가라는 길을 묵묵히 나아갔고, 지금도 앞을 향해 걸어가는 중이다.

개정판을 내놓기까지 많은 걱정과 고민을 거쳤다. 『브런치 하실래요』가 과연 세상에 필요한 책인지, 경제적으로 이득을 볼 수 있는 책인지 묻고 또 따졌다. 그럼에도 개정판으로 새롭게 출발할 수 있었던 원동력은 그동안 받았던 독자들의 감사 편지와 인심 후한 서평들이었다.

『브런치 하실래요』를 읽고 글을 쓰기 시작했다는, 브런치 작가가 되었다는 편지를 받을 때마다 이루 말할 수 없이 행복하고 감사했다.

개정판은 초판의 틀과 내용을 고수하되 필요한 부분을 업그레이드했다. 그 안에는 감사한 독자들에게 보다 현실적인 가이드가 되었으면 하는 나의 바람이 담겨 있다. 이제 새로워진 『브런치 하실래요』를 세상에 내보낸다. 제목처럼 예비 작가들에게 꼭 필요한 책이 되기를 소망한다.

2023년 가을
복일경

차례

1부. 글쓰기

2부. 책 쓰기

3부. 작가 되기

1부

글쓰기

글쓰기 유전자

혹시 글 쓰는 유전자가 따로 있다고 생각하는지. 나는 분명히 있다고 생각한다. 많은 작가가 글을 잘 쓰려면 재능보다 엉덩이 힘이 있어야 한다고 말한다. 하지만 내가 생각하는 글쓰기 유전자는 다른 작가들의 것과는 조금 다르다.

그 첫 번째 유전자는 책을 바라보는 나만의 시선이다. 사람들 대부분은 책이란 무조건 많이 읽는 게 좋다고 생각한다. 적어도 글쓰기나 책 쓰기에 관해 조금이라도 관심이 있는 사람이라면, '남자는 다섯 수레의 책을 읽어야 한다(男兒須讀五車書)'는 두보의 시나 '가슴 속에 만권의 책이 들어 있어야 글이 되고 글씨가 된다'라는 추사 김정희의 말을 귀에 딱지가 앉을 만큼 들었을 것이다.

나는 독서에서 중요한 건 '양'이 아니라 '질'이라고 생각한다. 사실 우리 주변에서 일 년에 천 권, 또는 만 권을 목표로 책을 해치우는(?) 사람들이 적지 않다. 나 역시 일 년에 수백 권의 책을 읽고 있는 사람들을 심심치 않게 봐왔다. 하지만 책의 숫자에 목숨 거는 사람일수록 글에서는 한 권의 책도 드러나지 않는 경우가 대부분이었다.

얼마 전, 독서 고수가 되기 위한 획기적인 독서법을 소개하는 책을 읽었다. 저자는 직장을 그만둔 채 도서관에 틀어박혀 책만 읽었다고 한다. 삼년 만에 오천 권의 책을 읽은 그는 확연히 달라진 자신을 깨닫고 하산하듯 도서관을 나왔다고 했다. 이에 비하면 나의 독서 경력은 빈약하기 이를 데 없었다. 사실 어릴 적 우리 동네엔 마땅한 도서관 하나 없었고, 하나뿐인 동네 서점엔 문제집만 잔뜩 쌓여있었다. 게다가 결혼과 동시에 유학생인 남편을 따라 미국으로 향했던 나는 독서와는 그야말로 담을 쌓고 지냈다. 넉넉지 않은 유학생 살림에 연년생의 두 딸을 낳고 길렀던 내게 독서란 꿈도 꾸기 어려운 사치일 뿐이었다. 한국에 돌아와서야 부랴부랴 책을 읽기 시작했지만, 아무리 세어 봐도 채 오백 권이 되지 않는다.

그렇게 때늦은 독서에도 불구하고, 나 역시 그 저자와 비슷한 변화를 느끼기 시작했다. 그가 책 오천 권을 읽고 나서야 느꼈던 변화를 나는 채 백권을 읽기도 전에 변화를 감지했던 것이다. 왜 그런 차이가 생긴 걸까. 내가 그 저자보다 똑똑해서? 아니면 책을 씹어먹을 정도로 정독해서? 그건 아니었다. 독서를 통해 삶의 변화를 느꼈다는 사람들의 이야기는 모두 엇비슷했지만, 그들이 읽었던 책의 숫자만큼은 각양각색이었다.

나는 곰곰이 생각한 끝에 내 나름의 결론을 내렸다. 사실 그와 나는 둘다 늦은 나이에 책을 읽기 시작했다는 점, 전에는 일 년에 책 한 권도 읽을까 말까 했던 독서 초보였다는 점에서는 서로 비슷했다. 하지만 그는 오천 권을 읽은 후에야 글쓰기를 시작했던 반면, 나는 처음부터 독서와 글쓰기를 병행했다는 점에서 달랐다. 읽은 책의 양을 의식해 오천 권이 넘어서야 변화를 느낀 그 저자에 비해 적은 수의 책일지라도 한 권 한 권 꼼꼼히 독서록을 작성했던 나는 상대적으로 일찍 변화를 체감한 셈이었다.

물은 반드시 100℃가 넘어서야 끓기 시작한다. 하지만 물질의 변화를 일으키는 임계점은 압력과 밀도에 따라 다르게 나타난다. 빠른 상태 변화를 위해서는 임계점을 낮추는 뭔가가 필요한데, 독서에서는 그 뭔가가 바로 글쓰기인 셈이다. 그러니 세상의 책을 모두 읽은 다음에야 글을 쓰겠다는 생각은 하지 않는 게 좋다. 사실 독서는 글쓰기의 전부가 아니며, 필요조건이자 도구일 뿐이다. 그러니 책 앞에 두 손을 모으고 머리를 조아릴 필요는 없다. 이처럼 책을 향해 오만하기 짝이 없는 당신만의 시선을 보낼 수 있다면, 당신은 탁월한 글쓰기 유전자를 가진 셈이다.

글쓰기를 위한 두 번째 유전자는 바로 당신의 '몽상가적 기질'이다. 이 점으로 본다면 나는 누구보다도 글쓰기에 대한 탁월한 유전자를 지닌 게 확실하다. 어려서부터 쓸데없는 생각들로 많은 시간을 보냈던 나는 소설 한 권을 끝내면 비슷한 이야기를 꾸며내느라 몇날 며칠을 보냈고, 영화를 보고 나면 그 뒷이야기가 궁금해 잠을 설치기 일쑤였다.

물론 나의 이런 모습을 어른들은 마땅치 않게 여기셨다. 혼자 있다가 실실대며 웃거나 갑자기 화내는 표정을 짓는 내 모습은 나조차도 이해하기 힘들었으니까. 그나마도 어릴 적엔 대수롭지 않게 넘겼던 나의 몽상가적 기질은 나이가 들면서 점점 문제가 되어갔다. 수업 시간에 집중하지 못하는 나를 보는 선생님들은 물론이고, 대학에서 아르바이트했던 카페 사장님조차 자꾸 딴생각에 빠져드는 나를 무척이나 못마땅해하셨다.

"미스 복은 말이야. 다 좋은데, 생각이 너무 많아. 저쪽 손님이 아까부터 그렇게 불러대는데, 그렇게 먼 산만 보고 있으면 어떻게 하나? 제발 정신 좀 차리라고!"

그때는 다른 사람들에게 그런 모습을 들키는 게 너무나 부끄러웠다. 쓸데없는 생각으로 하루를 보내는 것도 모자라, 꿈에서조차 SF 판타지(?)를 찍어대는 나 자신이 한심하게만 느껴졌다. 그러나 지금 생각해 보면 나는 쓸데없는 생각을 했던 게 아니라, 이야기를 지어내는 중이었다. 내가 읽고 본 것을 곱씹어 보고 다시 조합해 새로운 뭔가를 창조했다. 나쁘게 말하면 멍때리는 것이지만, 좋게 말하면 사색에 잠기는 것이랄까. 그러니 당신 또는 당신의 자녀가 시도 때도 없이 멍하니 앉아있다면 머리를 쥐어박을 게 아니라 손에 펜을 쥐여 주는 편이 나을 수도 있다.

독서를 도구 삼아 공상하기 좋아한다면, 이제 마지막으로 필요한 유전자는 바로 '느긋함'이다. 아무리 하루가 다르게 변하는 세상이라지만 조급하게 굴어서 되는 게 있고, 안 되는 게 있다. 글쓰기는 당연히 후자 쪽이다. 글쓰기는 절대로 하루아침에 이루어지지 않는다. 문장 하나라도 읽고 생각하고 쓰고 또 써야만 가능하다.

독서록으로 글쓰기를 시작한 나 역시 괜찮은 독서록을 쓰기까지 2년 이상 걸렸다. 사실 처음 썼던 나의 독서록을 읽어보면 차마 읽기조차 민망한 수준이다. 그런데도 나는 꾸역꾸역 독서록을 썼다. 나중에는 독서록을 쓰기 싫어 책 읽기가 두려울 정도였다. 하지만 아무도 시킨 적 없는 그 일을 말없이 해낸 덕에 나의 책장 위에는 적지 않은 상패들이 놓이게 되었다.

글 한 편을 완성했다고 해서 바로 글쓰기를 끝내서도 안 된다. 무릇 된장과 글은 묵혀야 제맛을 내는 법. 마음에 들게 쓴 글이라도 일주일 후에 보면 찢어버리고 싶을 때도 있고, 뭔가 부족해 보이는 글도 나중에 보면 괜찮아 보일 때가 있다. 그러니 마무리한 글을 잠시 서랍 안에 넣어두자. 얼마 후 익은 냄새가 나면 서랍을 열고 읽어보자. 처음엔 비참한 기분이 들겠지만, 계속 읽으며 고쳐나가면 된다. 당신의 머릿속엔 생각보다 많은 어휘와 아름다운 문구들이 깊숙이 가라앉아 있다. 중요한 건 어울릴 만한 단어와 문장이 수면 위로 떠오르기를 기다리는 일이다. 그렇게 하나둘씩 떠오르는 문장들을 당신의 글 속에 더해가다 보면 내가 쓴 게 맞나 싶을 정도로 멋진 글이 탄생하게 되는 것이다.

어떤 책을 읽어야 할까

작가와 책은 떼려야 뗄 수 없는 관계다. 작가들에게 책은 거부할 수 없을 정도로 지적인 매력을 지녔음과 동시에 절대로 끝나지 않는 평생의 과제이다. 마치 세이렌의 노래 같은 신간 소식과 북튜버들의 책 소개를 듣다 보면 어느새 책이라는 '늪'에 빠져들게 되고 절대로 헤어날 수 없다는 사실을 알게 된다.

마흔이 넘어서 독서를 시작한 나 역시 책의 늪에 빠져 허우적댔다. 방향도 없고 목적도 없던 나의 독서는 자주 길을 잃었고 늘 제자리를 맴돌았다. 당시 책을 향한 마음은 독서에 대한 열정이라기보다 책에 대한 욕심에 가까웠다. 고전을 읽다가도 신간을 발견하면 당장 읽고 싶다는 욕망을 억누르기 힘들었다. 그 때문에 온라인 장바구니는 읽지도 못 하는 사회 서적과 과학책들로 넘쳐났다. 반대로 나의 책장은 화끈한 자기계발서나 달달한 소설들로만 채워져 갔다.

이런저런 고민 끝에 나는 연초마다 한 해 동안 읽을 책들을 미리 정해 두기 시작했다. 하지만 고전만 읽는다거나, 『코스모스』나 『서양철학사』 등을 독파하겠다는 야심 찬 계획은 세우지 않았다. 그저 80권 이상의 책을 읽는 것을 목표로 하고, 읽어야 하는 책과 읽고 싶은 책을 분야별로 나누어 목록을 작성했다. 그렇게 만들어진 올해의 독서 목록은 세계 명작이 40권, 한국 소설이 20권, 사회 과학 서적이 10권, 철학에 관한 책이 10권으로 구성되어 있다. 물론 내년에 만들어질 독서 목록은 올해와는 다를 것이다. 세계 명작을 대충 읽고 나면 한국 소설을 늘릴 생각이고, 철학에 이어 심리학에 관한 책을 읽을 계획이기 때문이다. 이처럼 리스트를 정함에 있어 정해진 규칙이나 방법은 없다. 그저 내게 필요한 책과 나의 독서 성향을 파악해 정하면 그만이다. 정말 기억해야 할 사실은 일단 리스트를 정하면 절대로 다른 책 주변을 어슬렁대지 말아야 한다는 점, 그리고 읽은 책들을 다시 정독해야 한다는 점이다.

요즘 서점 매대에는 '책을 위한 책'들이 넓은 자리를 차지하고 있다. 내용을 보면 책을 읽는 순서부터 줄거리와 분석까지 자세하게 실려있다. 어떤 책을 읽어야 할지 모를 땐 참고하면 좋지만, 이 역시 마음에 드는 책 한두 권이면 족하다. 여기 내가 참고한 책들을 소개한다.

1.『 통합지식 100 세계고전 』주영하, 권민정 그림 / 주니어 RHK

이 책은 사실 초등지식 교양서 시리즈 중의 하나이다. 하지만 역사 흐름에 영향을 끼치거나 노벨 문학상 수상 등 문학에서 획기적인 발전이나 변화의 계기가 되었던 100개의 작품을 선정했다고 설명하고 있는 만큼 초등학생만을 위한 책이라고는 볼 수 없

다. 우선 책의 목록을 살펴보면, 첫 번째로 등장하는 '수전 손택'의 『타인의 고통』부터 '마르크스'의 『자본론』까지 고전의 정석이라 불릴 만한 책들로 구성되어 있다. 내가 이 책을 선택했던 이유도 『논어』부터 『안나 카레니나』를 거쳐 『과학 혁명의 구조』까지 고전과 사회 과학 영역을 폭넓게 다루고 있어서였다. 그뿐 아니라 각각의 줄거리와 사회적 배경, 작가의 생애, 업적, 연관 검색어까지 담고 있어, 책을 읽은 뒤에도 많은 것을 얻을 수 있다. 이 책은 고전부터 제대로 읽어보고 싶은 사람들에게 확실한 리스트를 제공함은 물론, 세계적인 고전을 하나씩 정복해 나가는 즐거움까지 선물한다.

2. 『 마흔의 서재 』 저자 장석주 지음 / 한빛비즈

　　　시인이자 에세이스트로 활동 중인 저자 장석주의 책장과 서평을 공개했다. 마흔 즈음 돌연 서울 살림을 접고 시골로 내려가 산속 호수 옆에 집을 짓고 2만 5천여 권의 책을 품은 서재를 만들어 다른 생을 열어간 저자의 경험과 지혜가 고스란히 담겨 있다. 저자는 마흔에 밀려오는 피로와 고독을 위해 자신의 서재를 공개한다고 했지만, 굳이 글쓰기가 아니더라도 불쑥불쑥 찾아드는 삶의 질문 앞에서 그의 책들은 가장 흐뭇한 답변을 보여줄 거라 확신한다.

3. 『정희진처럼 읽기』 정희진 지음 / 교양인

『페미니즘의 도전』의 저자이며 여성학자인 정희진이 2012년부터 2014년까지 읽고 쓴 서평 중 79편으로 구성되어 있다. 고전과 유명 도서를 독파했다면 이제 우리 사회의 통념과 상식을 깊이 들여다보기 위해 정희진 작가가 제시한 책들로 넘어가 보자. 꼭 페미니스트가 아니더라도 저자가 제시한 책에서 깊이 공감하게 될 것이다.

위의 세 권의 책은 지극히 나의 사적인 취향에 의해 선별한 책들이기에 그저 참고하길 바란다.

블로그와 글쓰기

찬란한 봄부터 시작된 독서는 갈빛의 나뭇잎들이 쌓여갈 때까지 계속되었다. 유난히 책장이 술술 넘어가는 바람에 점심까지 거른 어느 날 나는 정말로 신기한 경험을 하게 되었다. 책을 너무 많이 읽어서였을까? 낯선 주인공의 이름이 입에 착착 감기더니 뒤의 내용까지 훤히 들여다보이는 게 아닌가. 어머나 세상에! 하늘이 여름 내내 책과 씨름한 나를 기특히 여겨 '신기'를 내린 게 분명했다. 이름하여 '독서의 신'! 하지만 책을 절반 가까이 읽은 후에야 깨달았다. 유난히 친근했던 책이 얼마 전 읽은 책이라는 사실을. 아무도 없는 방에서 혼자 부끄러움에 얼굴을 들지 못했던 나는 뭔가 특별한 조치가 필요하다는 것을 깨달았다. 그렇지 않아도 빛의 속도로 줄어가던 나의 뇌세포는 이미 적지 않은 문제를 일으키던 중이었다.

읽어야 할 책이 산더미처럼 쌓인 마당에 같은 실수를 절대로 하지 않겠다고 결심한 나는 당장에 문구점으로 달려가 노트 한 권과 펜을 구매했다. 집으로 돌아와 노트에 '독서록'이라고 큼지막하게 써 붙인 다음 그때까지 읽었던 책들을 정리해 나갔다. 그날부터 지옥 같은 독서록 쓰기가 시작되었다. 사실 처음은 책의 제목과 저자, 출판사만 적으려던 계획이었다. 하지만 책의 내용을 기억하기 위해 간단한 줄거리를 적게 되면서 늘어나기 시작한 독서록은 책을 읽게 된 동기와 감상과 생각 등이 더해져 한없이 길어졌다.

물론 줄거리를 요약하고 나만의 생각과 느낌을 더해 한 편의 글로 완성하는 일은 절대 쉽지만은 않았다. 대학을 졸업한 뒤 편지 한 장 써본 적 없는 나에게 띄어쓰기나 맞춤법은커녕 주어와 시제를 선택하는 것만도 힘든 일이었다. 하지만 누가 시키지도 않은 독서록을 꾸역꾸역 써 내려간 덕분에 나는 얼마 되지 않아 두 번째 노트를 마련할 수 있었다.

그런데 또 다른 문제가 생겼다. 당시 어렸던 두 딸은 정말 신기할 정도로 독서록을 잘도 찾아냈다. 아무리 숨겨놓아도 귀신처럼 찾아내 여기저기 낙서를 해댔고, 그것도 모자라 툭하면 물과 주스를 쏟았다. 그나마도 남은 독서록은 이사와 동시에 하나둘씩 사라졌고, 나중에 골치 아픈 짐 덩어리들로 남게 되었다. 결국 두 딸이 쉽게 찾을 수 없고, 젖거나 잃어버릴 염려도 없이, 언제나 펴볼 수 있는 독서록을 마련해야만 했다. 그때 내 눈에 들어온 게 바로 '블로그'였다. 시간과 공간을 초월함은 물론 하드가 망가져도 괜찮고 언제 어디서나 접속할 수 있는 블로그는 그야말로 완벽한 독서록이었다.

컴맹에 가까웠던 나는 사이버상에 얼키설키 오두막 한 채를 세운 뒤 남루한 살림들을 끌어다 놓기 시작했다. 살림이라고 해 봤자 독서록 몇 개와 일기가 전부였지만, 정리해 놓고 보니 흡족하기 이를 데 없었다. 그때부터 블로그는 우물 안의 개구리였던 나에게 세상으로 향한 작은 창이 되어주었다. 그 작은 창을 통해 바라본 세상은 정말로 넓고도 깊었다. 사이버상이라고는 해도 문학과 예술, 과학과 첨단 기술을 아우르는 블로그의 세계는 인간의 사고력과 상상력이 만들어 낸 거대한 제국과도 같았다.

대한민국에는 무려 3,200만 개 이상의 블로그가 존재한다. 숫자만으로 보면 한국 사람의 절반 이상이 블로그를 가진 셈이다. 하지만 사람들이 다르듯 내 눈에 비친 블로그 역시 천차만별이었다. 문학과 미술, 맛집, 과학이라는 깃발 아래 당당한 자태로 서 있는 블로그들은 럭셔리한 디자인에 온갖 정보를 갖춘 최고급 빌딩처럼 보였다. 번쩍이는 타일에 온갖 배너 광고를 휘감고 있는 블로그를 들춰보면 도서관을 방불케 하는 정보와 자료들이 칸칸이 들어서 있었다. 그에 비해 몇 시간 만에 얼렁뚱땅 만들어 낸 나의 블로그는 금방이라도 쓰러질 듯한 오두막과 다르지 않았다. 그런데도 나는 그곳이 정말로 좋았다. 실로 처음으로 가져본 나만의 공간이 아니던가. 그쯤 해서 읽은 김승옥의 문장들은 나의 기쁨을 더욱 부채질했다.

'자기 세계'라면 분명히 남의 세계와는 다른 것으로서 마치 함락시킬 수 없는 성곽과도 같은 것이 아닌가 생각한다. 그 성곽에서 대기는 연초록빛에 함빡 물들어 아른대고 그 사이로 장미꽃이 만발한 정원이 있으리라고 나는 상상을 불러일으켜 보는 것이지만 웬일인지 내가 알고 있는 사람들 중에사 '자기 세계'를 가졌다고 하는 이들은 모두가 그 성곽에서도 특히 지하실을 차지하고 사는 모양이었다. 그 지하실에는 곰팡이와 거미줄이 쉴 새 없이 자라나고 있었는데 그것이 내게는 모두 그들이 가진 귀한 재산처럼 생각된다.

- 김승옥의 『생명 연습』 중에서 -

초라한 지하실일망정 나만의 공간, 나만의 세계를 갖게 된 나는 더 열심히 읽고 쓰기 시작했다. 젖을 염려도 없이 언제라도 펴볼 수 있는 독서록이 하나둘씩 쌓여갔다. 그때까지도 블로그는 내가 쓴 글들을 보관하고 저장하는 창고에 불과했다. 하지만 주변의 블로그들을 주의 깊게 살피며 새로운 기법과 방식을 조금씩 터득한 결과, 단순한 창고였던 나의 블로그는 글쓰기를 위한 최적의 플랫폼으로 변화해 나갔다.

사전에 따르면 블로그란, '개인의 각 취향에 따라 자유롭게 웹에 올릴 수 있는 공간'으로 정의된다. 하지만 셀 수 없이 많은 정보와 의견이 오가는 공간인 만큼 블로그의 가치나 위력은 어마어마하다. 생각 없이 블로그에 올린 글 하나로 실직을 당한 이들도 있고 저렴한 블로그 광고 덕분에 엄청난 매출 신장을 경험한 사업주들도 있다는 사실을 나는 한참 뒤에야 알게 되었다.

글 쓰는 이들에게도 블로그는 유용한 수단이다. 나처럼 쓴 글들을 단순히 모아둘 수도 있지만, 글을 쌓아가는 과정에서 자신의 영역을 발견할 수도 있다. 운이 좋으면 출판사나 편집자 눈에 띄어 출간에 이를 수도 있다. 물론 블로그나 SNS를 일부러 전혀 사용하지 않는 작가들도 있다. 세상을 뒤로한 채 오로지 글만 쓰겠다는 생각 때문인지도 모른다. 하지만 베스트셀러 작가가 되기 위해선 독자들과의 소통이 필요하다는 사실을 간과해서는 안된다.

 블로그의 이웃들만큼 내 글을 꼼꼼히 읽어주고 평가해 주는 사람들도 많지 않다. 새로운 정보와 양질의 글은 이웃의 증가와 소통을 불러일으킨다. 좋은 글일수록 하트는 늘어나게 마련이고, 출간으로 이어질 가능성도 그만큼 커진다. 또한, 같은 부류에 속하는 이웃들의 글을 계속 읽다 보면 자신도 모르는 사이 글도 깊어지게 마련이다.

 그러니 글을 쓰고 싶다면 우선 블로그를 만들어 보자. 초가집일망정 자신만의 세계를 구축한 뒤 차례차례 글을 쌓아 나가자. 늘어나는 글에 맞춰 하나둘씩 모여드는 이웃들과 소통하다 보면 길이 열리고 답이 보일 때가 생긴다. 반면 하트는 이웃들에 대한 감사와 사랑의 표시임을 꿈에서라도 잊지 말자.

글쓰기에 도움을 주는 책들

요즘 서점 매대에는 글쓰기에 관한 책들로 넘쳐나지만, 내용이나 구성 면에서 별다른 차이가 없는 경우가 허다하다. 아마도 그건 '다독(多讀), 다작(多作), 다상량(多商量)'이라는 정해진 답 때문인지도 모른다. 하지만 스스로 작가라고 생각한다면 아래의 책 중 적어도 두세 권쯤은 읽어보길 바란다.

살다 보면 문득 내가 왜 글을 쓰고 있는지, 앞으로도 계속 써야 하는지 의문이 들 때가 있다. 거기서 심해지면 내 주제에 무슨 책이냐며 당장 때려치워야겠다고 생각한다. 하지만 그런 나를 다독여 줬던 건 언제나 글이었고 책이었다. 모든 작가가 비슷한 시기를 겪었다는 것, 유명 작가들도 처음부터 글을 잘 썼던 게 아니라 한줄 한줄 쓰다 보니 작가가 되었다는 사실이 또다시 나를 자판 앞으로 이끌었다.

다음의 책들은 글쓰기의 생각과 신념을 다져주기도 했지만, 문장과 단어에 대한 실질적인 도움을 준 적도 많다. 그중에서도 이오덕 선생님의 『우리말 바로 쓰기』는 꼭 읽어보기를 권한다. 선생님의 서릿발 같은 가르침 때문에 글쓰기가 오히려 어렵게 느껴질 수도 있지만, 정확한 글을 쓰기 위해서 반드시 거쳐야 할 관문이다.

1. 『우리글 바로 쓰기』 이오덕 / 한길사

    총 5권으로 구성된 책은 불필요하게 사용되는 외국어와 부정확한 말과 글의 사용을 바로잡는다. 또한, 쓸데없이 말을 어렵게 하는 습관을 고침으로써 우리의 삶과 생각을 자유롭게 글로 표현할 것을 요구한다.

2. 『내 문장이 그렇게 이상한가요?』 김정선 / 유유

    저자 김정선은 20년이 넘도록 단행본 교정교열 작업을 해 온 편집인으로, 어색한 문장을 훨씬 보기 좋고 우리말다운 문장으로 바꾸는 비결을 소개한다. 자신이 오래도록 작업해 온 숱한 원고들에서 공통으로 발견되는 어색한 문장의 전형과 문장을 이상하게 만드는 요소들을 추려서 뽑고, 어떻게 문장을 다듬어야 하는지 요령 있게 정리했다.

3. 『카피책』 정철 / 블랙피쉬

카피라이터 정철의 30년 노하우가 담긴 책으로 짧지만 강렬한 문장 쓰기를 연습하는 35가지 방법을 소개하고 있다. '글자로 그림 그리기', '낯설고 불편하게 조합하기', '반복하고 나열하기' 등 강렬한 인상을 남기는 문장 쓰기를 위해서는 어떻게 생각해야 하는지에 대한 팁들이 담겨있다. 나의 경우 책 제목을 구상하는 데 많은 도움을 받았다.

4. 『하버드 글쓰기 강의』 바버라 베이그 / 에쎄

저자는 사람들이 작가가 타고나는 것이라는 잘못된 생각 때문에 글을 쓰지 못한다고 설명한다. 하지만 글쓰기는 재능이 아니라 학습으로 성취할 수 있는 능력이라는 것이 작가의 판단이다. 물론 천부적인 재능을 지닌 작가가 전혀 없는 것은 아니지만, 운동이나 음악과 마찬가지로 끊임없는 훈련으로 익힐 수 있는 것이 글쓰기 기술이다. 성인들 대부분이 일상생활에서 글을 쓸 때 주저하거나 갈피를 잡지 못하는 것은 이들에게 재능이 없어서가 아니라, 글쓰기에 필요한 기술을 익힐 기회를 제공하지 못한 교육 체제에 책임이 있다고 강조한다.

5. 『유혹하는 글쓰기』 스티븐 킹 / 김영사

세계적 베스트셀러 작가 스티븐 킹이 전하는 글쓰기 전략. 『쇼생크 탈출』 『미저리』 『그린 마일』 등 발표하는 소설마다 베스트셀러가 되고 바로 영화화되는 세계적 베스트셀러 작가 스티븐 킹의 글쓰기 비결을 제시한 책이다. 스티븐 킹은 이 책에서 그의 소설처럼 속도감 있고 솔직하며 명쾌한 글쓰기를 얘기한다. 무엇보다도 소설의 목표는 정확한 문법이 아니라 독자를 따뜻이 맞이하여 이야기를 들려주는 것, 그리고 가능하다면 자기가 소설을 읽고 있다는 사실조차 잊게 만드는 유혹 행위임을 일깨운다.

6. 『나는 왜 쓰는가?』 조지 오웰 / 한겨레

20세기 영국의 작가이자 저널리스트로 장편소설 『동물농장』 『1984』 등을 창작한 조지 오웰의 에세이. 날카로운 통찰, 특유의 유머, 통쾌한 독설로 유명한 저자의 에세이 중 가장 빼어나면서도 중요한 29편을 묶은 것으로 서평과 칼럼 등이 포함되어 있다.

글쓰기는 '치킨'이다.

어느 저녁, 오랜만에 식탁에 앉아 글 좀 써보려는 데 작은딸이 틀어놓은 음악이 내 귀를 어지럽혔다. 그나마 비슷한 음악들이면 사춘기에 접어든 딸을 위해 참아보려 했다. 하지만 케이팝인가 하면 힙합으로 바뀌고, 견딜만하면 터져 나오는 랩 때문에 글쓰기는커녕 혼마저 이탈할 지경이었다. 때마침 식탁을 지나며 나의 상태를 눈치챈 큰딸이 곧바로 둘째 딸에게 소리쳤다.

"야, 조용히 좀 해, 엄마 글 쓰시잖아."
"챗, 엄마는 맨날 글만 쓰고. 나도 음악 듣고 싶단 말이야."
"너 나중에 치킨 안 먹을 거지? 그럼, 맘대로 해."

깜빡했다는 듯 둘째 딸이 얼른 볼륨을 낮췄다. 역시나 '치느님'의 힘은 위대했다. 두 딸에게 엄마의 글쓰기는 바로 '치킨'이었다. 즉, 엄마가 글을 쓴다는 건 어느 글쓰기 대회에 나간다는 뜻이고, 얼마 후면 상금으로 치킨을 먹을 수 있다는 것을 의미했다. 덕분에 허구한 날 컴퓨터 앞에 앉아 자판을 두드리는 엄마를 두 딸은 너그럽게 받아들였다. 말이야 바른말이지 엄마 덕분에 먹을 수 있었던 치킨을 생각하면 당연한 처사였다.

나의 글쓰기는 상업적이고 세속적인 이유로 시작되었다. 미국에서 돌아온 지 얼마 되지 않았을 때의 일이었다. 딸아이와 마트를 가다가 우연히 벽에 붙은 포스터 한 장을 보았다. 자세히 읽어보니 서초구 주민들을 위한 글쓰기 대회를 연다는 아주 매력적인 공고문이었다. 하지만 내 눈에 들어온 건 선택된 글을 문집으로 발간한다는 포스터의 윗줄이 아닌 '소정의 금액'을 지급한다는 마지막 줄이었다. 소정의 금액이라면 돈을 준다는 얘기가 아닌가. 얼마인지는 몰라도 글을 쓰면 돈을 준다는 말에 나는 집에 돌아와 바로 글을 쓰기 시작했다.

당시 나에겐 글쓰기에 대한 새로운 원동력이 절실히 필요했다. 무슨 대단한 일이라도 하는 것처럼 책을 읽고 독서록을 써대는 나의 모습을 주변 사람들은 별로 좋아하지 않았다. 사실 독서와 글쓰기는 돈을 벌어들이기는커녕 적지 않은 시간과 비용을 요구한다. 그 때문에 나의 독서와 글쓰기는 '지적 허영심으로 가득한 작가 코스프레'로 비칠 뿐이었고, 사람들은 늘어나는 책을 보며 '누가 보면 작가인 줄 알겠다'라고 비아냥거렸다.

다행히 열심히 써낸 두 페이지의 글은 글쓰기 대회에서 잘 쓴 글로 뽑혔다. 그리고 친절하기 그지없던 서초구청은 문집과 함께 3만 원이라는 소정의 금액을 곧바로 입금해 주었다. 그때의 기쁨이란 이루 말할 수조차 없었다. 책 사느라 돈만 쓰던 내가 돈을 벌어보긴 그때가 처음이었다. 돈

3만 원으로 득의양양해진 나는 그날 저녁, 책 대신 치킨을 주문해 가족과 배불리 먹었다.

그때부터 나의 '목적 있는 글쓰기'가 시작되었다. 세상에, 한국에 그렇게 많은 글쓰기 대회가 있다는 것도 그때 알았다. 봄부터 가을까지 이어지는 글쓰기 대회는 감히 셀 수조차 없을 지경이었다. 주민이나 시민을 대상으로 하는 각종 백일장부터 흡연 예방 글짓기, 우체국 글짓기, 해양수산 글짓기, 환경 글짓기까지 글쓰기 대회는 끝없이 열렸다. 나는 그 많은 글쓰기 대회를 하나도 빠지지 않고 참여했다. 물론 글을 쓴다고 해서 반드시 상을 받는 건 아니었다. 몇 날 며칠을 고심한 뒤 글을 써내도 입상조차 하지 못할 때도 있었고, 상을 받아도 부상으로 문화상품권 몇 장 주어지는 게 대부분이었다. 하지만 그 절반의 성공은 나에게 적지 않은 상금과 책을 원 없이 살 수 있는 문화상품권을 안겨주었다.

나의 글쓰기 실력은 모두 그때 이루어졌다고 해도 과언이 아니다. 솔직히 돈이 걸린 만큼 열심히 쓸 수밖에 없었다. 어떤 이야기를 어떻게 구성해 멋진 문장으로 표현할 수 있을지, 나는 고민하고 또 고민했다. 처음엔 치킨이 목적이었지만, 나중엔 전집을 사고도 남을 만큼의 상금을 노리기도 했다.

글쓰기 대회가 열리면 우선 나는 이전 대회의 수상 작품들을 찾아 읽으며 심사 기준을 파악했다. 심사위원들이 형식에 맞춘 무난한 글을 좋아하는지, 뭔가 색다른 이야기를 선호하는지, 그것도 아니면 기관이나 단체를 홍보할 수 있는 아부성 진한 글을 좋아하는지 말이다. 당연히 나는 그들의 구미에 맞게 글을 써서 제출했다. 때로는 학교에서나 쓸법한 독서록 스타일로, 때로는 한 편의 소설과도 같은 이야기로. 그렇게 목적에 맞춘 나의 글들은 쓰는 족족 팔려나갔다. 그중에서도 한국의 금수강산을 찬양해 받아낸 막대한 상금은 나의 독서와 글쓰기가 소모적 행위만은 아니란 사실을 확실하게 입증해 주었다.

목적 없는 글처럼 허망한 게 있을까. 대상도 목표도 없는 글은 쓸데없는 독백에 불과하다. 물론 자신을 성찰하고 마음을 치료하기 위한 '치유의 글쓰기'도 존재한다. 하지만 치유를 위한 글쓰기는 딱 거기까지다. 글쓰기를 통해 자신을 발견하고 마음의 위로를 받는 것으로 만족한다면 그 이상의 발전은 기대하기 힘들다는 뜻이다. 글쓰기에서 다음 단계로 진입하길 원한다면 반드시 목표가 있어야 한다. 누구를 상대로 글을 쓰는지, 또 무엇을 위해 쓰는지가 정해져야 글의 방향과 목표를 세울 수 있다.

물론 처음부터 '목적 있는 글쓰기'가 가능한 건 아니다. 당연히 연습과 훈련이 필요하다. 그 연습과 훈련을 나는 글쓰기 대회를 통해 이뤄나갔다. 사계절 치러지는 각종 글쓰기 대회야말로 나의 글쓰기 실력을 키울 수 있는 최고의 연습장이었다. 상대를 분석하고 글의 목표를 세우는 일은 물론, 쓴 글을 읽고 또 읽으며 수정하는 기술 역시 수많은 대회를 치르며 얻은 결과이다.

지금까지 독서록을 꾸준히 써왔다면 다음 단계로 글쓰기 대회에 나가

보는 건 어떨지. 당신의 글쓰기 실력을 업그레이드할 수 있음은 물론, 치킨까지 따라오지 않던가. 다가오는 봄엔 백일장을, 그리고 독서의 계절 가을엔 독후감을 써보자. 치열하게 준비하고 치열하게 쓴 뒤, 치열하게 수정한다면 치킨 한 마리쯤은 쉽게 얻을 수 있다. 그렇게 당신의 서랍에 '소정의 상금'과 문화상품권이 쌓여간다면, 당신의 목적 있는 글쓰기는 이미 문턱을 넘어선 것이다.

각종 공모전과 글쓰기 대회

1. WEVITY 공모전 대외활동 (https://www.wevity.com)

이곳은 게임부터 디자인, 과학, 백일장까지 각종 공모전을 알려주는 사이트다. 위비티의 장점은 응시자와 주최사별로 공모전을 걸러주고, 공모전에 대한 전략과 필요한 자료를 제공한다는 점이다.

2. 씽굿 (https://www.thinkcontest.com)

    'Think good'라는 공모전 전문 매거진까지 발간하는 이곳은 각종 공모
전 소식과 전략, 통계, 트렌드, 주최사 인터뷰, 수상자 인터뷰, 수상 작품,
합격 전략 등의 엄청난 정보를 제공한다.

3. 엽서시 문학 공모(https://ilovecontest.com/munhak)

이곳은 각종 문학 공모전과 신춘문예, 백일장 등의 정보와 등단 준비를 위한 웹사이트로, 앱으로도 만날 수 있다. 앞의 사이트들과는 달리, 문학 공모전과 백일장에 관한 정보를 제공하고 있어 더욱 편리하다. 게다가 마감 달력 기능이 있어 각종 공모전의 남은 기간과 현재 진행되고 있는 공모전의 현황을 한눈에 볼 수 있다.

위의 세 곳을 비껴가는 공모전이나 백일장은 거의 없을 듯싶다. 내가 이토록 공모전과 백일장을 고집하는 이유는 글쓰기 실력과 상금이란 두 마리의 토끼를 한꺼번에 잡을 수 있어서이다. 매해 공모전을 여는 주최 측의 철학과 이념을 신경 쓰다 보면 글쓰기와 책 쓰기의 미묘한 차이도 눈치챌 수 있다.

일단 공모전이나 백일장에 나가기로 했다면 작은 노트를 마련하자. 예를 들어 '산'에 대한 글을 쓴다면 산과 관련된 경험이나 기억, 책, 기사 등을 떠오르는 대로 노트에 적는 것이다. 그중에서 마음에 드는 글감을 추린 뒤에, 글감에 대한 문장이나 단어, 느낌 등을 계속해서 메모한다. 어느 정도 재료가 모이면 순서와 배열을 생각해 하나의 글로 엮는다.

나의 경우 한 달 전부터 공모전을 준비하는데 첫 한 주일은 글감을 모으고 다음 한주는 초고를 완성하는 데 전력을 쏟는다. 대강의 원고가 완성되면 일주일간은 보지 않고 묵혀둔다. 며칠 후 새로운 시선으로 글의 구조와 어색한 문장을 바로잡고 수정과 교정을 반복한다면 두 마리의 토끼를 사로잡을 수 있다.

독후감을 공개합니다

몇 해 전 도서관에서 초등학생을 대상으로 하는 글쓰기 수업을 맡은 적이 있다. 엄마의 협박에 못 이겨 나온 학생들에게 글을 쓰도록 하는 일은 처음부터 쉽지 않았다. 온 지구인이 어려워한다는 글쓰기를 초등학생이라고 좋아할 리 없었다. 일기 한 줄 쓰기도 어려워하는 학생들을 달래어 문집을 완성하기까지는 거의 억겁의 시간과 인내가 필요했다. 허구한 날 독후감 쓰는 법을 가르쳐도 학생들이 보이는 반응은 매번 비슷했다.

"선생님, 정말로 어떻게 써야 하는지 잘 모르겠어요. 그러니깐 딱 하나만 보여주시면 안 돼요? 제발요."

그럴 때마다 나는 한숨을 내쉬며 괜찮은 독후감 몇 개를 찾아 학생들에게 읽어 주었다. 다행히 비슷한 또래의 독서록을 읽은 학생들은 쉽게 글을 써 내려갔다. '백문이 불여일견'이란 말은 그냥 생겨난 게 아니었다.

정작 놀라운 건 독후감을 앞에 둔 학부모들의 반응이었다. 당시 나는 학생들과는 글쓰기 수업을 진행하고 부모님들과는 독서 모임을 하던 중이었는데, 일 년간의 독서 모임을 마무리하기 위해 독후감을 한 편씩 부탁드렸다. 그런데 부모님들 역시 크게 당황하며 내가 쓴 독서록을 먼저 보여달라며 떼를 쓰는 게 아닌가. 정말로 학생들한테 독서록 좀 쓰라고 야단치던 그분들이 맞나 싶은 정도였다.

이 글을 읽는 여러분도 비슷한 심정이 아닐까 싶다. 독후감을 쓰기 시작하면서 막막함을 느끼기는 나 역시 마찬가지였다. 답답한 마음에 서평이나 독후감에 관한 책들을 찾아 읽어보기도 했다. 그러나 하나같이 이래라저래라 말만 했지, 예를 들어 설명한 책은 찾아보기 힘들었다. 그래서 부족한 나의 독후감 몇 편을 공개하기로 했다. 아래의 독후감은 2018년 독서왕 선발대회에서 최우수상을 받은 글인 만큼 독후감이나 서평 대회에 참고하면 좋을 듯싶다.

다시 읽은 『쇼코의 미소』

작가 : 최은영

출판사 : 문학동네

서점에 수북이 쌓여있던 이 책을 집어 들었던 이유는 단순한 호기심 때문이었다. 블로그의 서평이 3천 개가 넘고, 서울 어느 서점에서는 「쇼코의 미소」 책 한 가지만 판매한다는 뉴스를 접한 뒤였다. 하지만 베스트셀러 코너에 쪼그리고 앉아 넘겨보았던 책은 마음을 확 끄는 문장도, 특이한 인물도 없었던 그저 평범한 소설이었다. 그런데도 책을 사들인 이유는 어떤 예감 때문이었다.

나의 내면에 존재하는 묵은 감정들이 책의 이야기들을 만나 새로운 감정과 생각이 싹트리라는. 결국 그 예감은 틀리지 않았다.

책 「쇼코의 미소」는 등단과 함께 젊은 작가상을 받은 최은영의 중단편 7편을 수록한 책이다. 그 안에는 고등학교 때 만나 서로 다른 국적과 언어 속에서 살아가는 두 소녀의 삶을 담은 '쇼코의 미소', 독일에서 만난 한국인 가정과 베트남 가족의 슬픈 이별을 담은 '씬짜오, 씬짜오', 프랑스의 수도원에서 만난 젊은 두 남녀의 이야기인 '한지와 영주', 세월호 사건의 진한 아픔이 배어 있는 '미카엘라' 등의 이야기들이 비슷한 어조와 담백한 문체로 쓰여있었다. 하지만 이야기 속 주인공들은 이상하리만큼 서로를 닮아있었다. 고집 있고 강한 내면을 가진, 그러면서도 섬세하고 연약한 주인공들의 모습은 다양한 나라에서 각기 다른 세대를 다룬 이야기임에도 불구하고 비슷한 분위기를 자아냈다.

사실 처음 책을 읽었을 때는 나는 무엇을 느껴야 하는지, 일곱 개의 이야기들을 아우르는 주제가 무엇인지 깨닫지 못했다. 그저 정체를 알 수 없는 슬픔과 께름칙함만을 느꼈을 뿐이었다. 그러나 몇 달을 묵힌 후 다시 손에 든 책은 처음과는 사뭇 다르게 느껴졌다. 더욱 선명해진 인물들과 줄거리 덕분에 좀 더 책을 깊이 들여다볼 수 있었던 나는 그 안에 숨겨진 씨줄과 날줄을 발견하게 되었다. 그 두툼한 씨줄이란 '나와 타인'이었고, 그것을 오가던 날줄은 '평범함과 특별함'이었다. 특별했던 주인공들이 평범해지는 과정, 평범하다고 여겼던 주변 사람들의 특별함을 느끼는 순간, 그로 인해 느껴지는 삶의 아픔과 슬픔을 책은 여과 없이 드러냈다. 그중에서도 '쇼코의 미소'는 특별함과 평범함을 오갔던 주인공들의 이야기 중 가장 돋보였던 소설이었다.

고등학교 때 처음 만난 쇼코와 소유는 특별한 소녀들이었다. 영어를 잘했던 소유에게 다가온 일본 소녀 쇼코는 또래 소녀들과 비교해 훨씬 성숙했고 별 볼 일 없던 소유의 가정에 활기를 불어넣기까지 했다. 그런 쇼코의 특별함을 동경하면서도 질투를 느꼈던 소유는 오랫동안 쇼코를 만나지 못하다가 대학교 4학년에 떠난 일본 여행에서 쇼코를 만나게 된다. 이십 대에 다시 만난 두 소녀는 달라져 있었다. 제법 유명한 대학에서 졸업을 앞두고 있던 소유에 비해 무기력한 얼굴에 정신마저 이상해진 쇼코는 병들고 나약해져 있었다. 그제야 자신보다 늘 어른스럽고 강하다고 느껴왔던 쇼코의 모습이 실은 자신이 만든 환상에 불과했다는 것을 깨달은 소유는 후회만을 안은 채 돌아온다.

서른이 넘어 만난 쇼코와 소유의 모습은 진부함 그 자체였다. 특별했지만 비련의 주인공으로 생각했던 쇼코는 작은 병원의 물리치료사로 일하며 소박한 삶을 이어가고 있었다. 그리고 결코 평범한 삶을 살지 않을 거라 다짐했던 소유는 오히려 궁핍한 생활 속에서 허물어져 가는 자신의 꿈을 마주해야만 했다. 그렇게 세월은 두 소녀의 특별함을 평범함으로 변질시켰고, 특별했던 그들의 관계마저 무너뜨리고 말았다. 결국 두 사람은 파티를 끝낸 신데렐라와 쥐들처럼 초라한 자신의 원래 모습을 확인한 후 낯선 타인처럼 서로의 길을 떠나가야만 했다.

작가는 쇼코의 미소를 통해 자신의 진정한 모습을 바라보는 일과 타인을 이해하는 것이 얼마나 힘들고 고통스러운 일인가를 우리에게 보여주려는 듯했다. 사실 대통령과 노벨상을 꿈꾸던 아이들이 결국 평범한 월급 쟁이 삶에 안주하는 일들을 우리는 얼마나 많이 목격해 왔던가. 게다가 모든 걸 알고 있다고 여겼던 가까운 사람들이 갑자기 다른 얼굴로 내 곁을 떠나는 일들을 우리는 수도 없이 경험하지 않았던가.

다행히 작가는 단단한 껍데기를 벗기고 속살을 드러내야만 하는 우리에게 작은 희망들을 던져 주었다. 우리에게는 여전히 시간이 남아있으며 또한, 여러 갈래의 길이 존재한다는 것을 말이다. 어쩌면 작가는 우리의 삶이 나와 타인을 이해하고, 우리의 평범함을 알아가는 멀고 먼 길이라는 것을 보여주려 했는지도 모른다. 또한, 그 모든 여정이 고통스럽지도 슬프지만도 않다는 것을 말이다.

가까이 들여다본 책은 자신과 타인의 민낯을 마주하는 슬픈 여정의 이야기였다. 하지만 멀리서 바라본 책은 우리에게 또 다른 의미를 전하고 있었다. 그 모든 여정은 슬프지만, 추억으로 고스란히 남게 된다는 것. 그 평범했던 이야기들이 실은 특별한 순간이었다는 사실을 말이다. 그렇게 책은 우리를 위로하고 있었다. 평범해도 괜찮다고, 모두가 그렇게 살고 있노라고.

학생들에게 독후감 쓰기를 가르칠 때면 나는 우선 책을 읽게 된 동기를 쓰고 내용을 요약한 뒤 책을 읽은 뒤의 생각과 느낌을 적으라고 설명한다. 물론 말처럼 쉽지 않다는 건 나도 잘 알고 있다. 사실 설명하기도 쉽지 않다.

내가 독서록을 쓰는 방법도 크게 다르지 않지만, 차이가 있다면 반드시 짧은 에피소드로 시작한다는 점이다. 나는 글을 쓸 때마다 작은 에피소드로 시작하는 버릇이 있는데, 이는 영화나 신문, 또는 TV에서 본 내용을 떠올리며 자연스럽게 주제에 접근하는 방법이다. 그 에피소드가 흥미로울수록 독자들의 시선을 끌 수 있음은 물론 이야기를 쉽게 풀어나갈 수 있다.

다음은 책에 대한 나만의 시선을 담고자 노력한다는 점이다. 나는 독후감을 완성하기 전까지 절대로 전문가의 비평이나 서평을 읽지 않는다. 다른 사람의 생각에 동화되거나 나만의 시선을 갖기 어렵기 때문이다. 하지만 독후감을 완성한 뒤에는 반드시 다른 사람들의 독후감이나 전문가의 서평을 찾아 읽는다. 그렇게 하면 책의 내용을 되짚어 볼 수 있고, 나의 생각과 글도 가늠할 수 있다.

마지막으로 비판하기를 두려워하지 않는다는 점이다. 사실 아무리 유명한 책이라도 별로라고 느껴질 때가 있는데 그럴 때마다 나는 글을 통해 시퍼런 칼을 휘둘러댄다. 물론 독후감을 처음 쓰는 사람일수록 책의 단점을 찾기도 어렵거니와 그만한 자격이 없다고 생각해 망설이게 된다. 하지만 나는 아닌 건 아니라고 써야 한다고 생각한다. 그래야만 작가로서 고유한 생각과 시선을 가질 수 있기 때문이다. 사실 훌륭한 책이라고 평했다가도 뒤돌아서 별로라고 고백하는 사람들도 많다. 그러니 책이 마음에 들지 않는다면 아래처럼 삐딱하게 쓰는 것도 때론 필요하다.

『딸아, 너는 인생을 이렇게 살아라』

저자 : 펄 벅
출판사 : 눈과 마음

펄 벅의 두 번째 책을 읽었다. 사실 먼저 읽었던 『대지』는 이 책을 읽기 위함이었다. 왠지 작가의 대표작을 읽지 않고 다른 책을 읽는다는 게 예의가 아니라고 생각해서였다. 하지만 이 책을 먼저 읽었다면 나는 결코 대지를 읽지 않았을 것이다.

노벨문학상을 수상한 작가, 미국의 대표적인 여성 작가인 펄 벅은 딸의 대학 졸업식에 도움이 될 만한 이야기를 생각하며 이 글을 쓰게 되었다고 밝혔다. 사실 이 책은 두 권의 책을 합쳐서 발행된 책이었다. 1967년 발행된 『To my daughter, with Love』라는 책과 1971년에 쓰인 『Of Men and Women』이라는 책 두 권을 Part 1, 2로 나누어 합쳐놓은 두툼한 책이었다. 처음 책을 읽으면서 놀랐던 것은 제2차 세계대전 직후에 쓰인 책의 내용이 2018년의 사회와 상당히 부합되는 내용이 많다는 것이었다. 변해가는 남성과 여성과의 관계, 여성의 지위를 설명한 내용은 지금과 별다르지 않았기 때문이다.

여성의 본질과 사회적, 가정적 역할을 설명하고, 변화하는 시대에 맞춰 지혜로운 여성이 되기를 당부하는 펄 벅의 말에는 많이 공감했다. 하지만 50년이 지난 그녀의 말은 시대에 맞지 않는 고루하고 뒤떨어진 경향이 없지 않았다.

작가는 고운 문장과 잔잔한 서술로 여성의 삶을 짚어 나갔다. 사랑과 섹스, 결혼과 임신, 가정과 사회생활에 대한 모든 것을 만남과 결혼을 신중히 하고, 편안한 가정을 꾸리기 위해 노력하고, 교육을 통해 지성인이 되도록 고무했다. 그리고 진정한 삶을 위해 용기를 가지라고 말했다. 하지만 그처럼 당연한 말에 나는 전혀 공감할 수 없었다. 50년의 세월 때문이 아니라, 그녀의 모순된 주장 때문이었다.

그 모순 중의 하나는 가정에서의 여성의 역할을 강조하면서도 남자와 가족 부양의 고통을 나눠 가져야 한다는 내용이었다. 또한, 여성에 대한 남성의 경계심이 세계를 지배했던 여성에 대한 기억 때문이라며 불안해하는 남성을 이해하고 포용해야 한다는 작가의 말은, 모든 여성에게 부처가 되라는 말처럼 들렸다.

또한, 여성을 세 분류, 즉 '사회로 진출해 성공한 여성', '지혜롭고 부지런하게 가정을 지키는 여성', '여성의 특권을 무기로 가정과 사회에 게으

름을 띄우는 여성'으로 나눈 뒤, 여성들 대부분이 세 번째에 속한다는 작가의 말을 나는 쉽게 받아들이기 힘들었다.

게다가 미국보다 중국에서 더 오래 살았던 펄 벅은 미국 여성의 지위가 중국의 것보다 오히려 낮다고 주장했다. 미국의 여성들이 높은 교육을 받고 충분한 대접을 받으면서도, 집안에 안주하며 여성의 사회적 지위를 위해 노력하지 않는다고 말이다. 또한, 남편과 같이 일하고 가정의 대소사를 결정하는 중국의 여성이야말로 미국의 여성보다 더 높은 지위를 갖는다고 말했다. 하지만 도망가지 못하도록 전족을 씌우고, 흉년이 들면 제일 먼저 며느리부터 내치는 중국의 오랜 풍습을 펄 벅은 제대로 알았던 것일까. 중국에 수십 년을 살면서도 미국의 삶을 고수했던 그녀의 우아한 어머니 덕에, 펄 벅은 진정한 중국의 모습을 보지 못했을 수도 있다.

펄 벅이 딸에게 하려던 말은 결국 슈퍼우먼이 되라는 이야기였다. 지혜와 이해심을 통해 남편을 돕고, 자녀를 양육하며, 지식을 쌓아 사회로 진출하라는 작가의 말이 내게는 비현실적이고 이상적인 말로만 느껴졌다.

결국 나는 딸에게 해줄 그 어떤 말도 책에서 찾지 못했다. 똑같이 일하면서도 같은 임금을 받을 수 없는 세상, 새벽에 출근해 새벽에 돌아오는 여성이 겪는 지금의 지옥 같은 출산과 육아를 본다면 펄 벅이 과연 어떤 이야기를 할지 오히려 궁금했다.

그렇다면 나는 딸에게 무슨 말을 해줄 수 있을까. 물론 딸의 마주할 세상은 지금과는 많이 달라질 것이다. 남성과 여성이 서로를 이해하고 상부상조하며 살아가는 아름다운 세상이 될지도 모른다. 그러니 늙어버린 내가 구태여 무슨 말을 하겠는가. 그저 용감하게 현실에 맞춰 행복하게 살아가라고 말할 수밖에. 딸들아, 행운을 빈다.

책을 다시 읽는다면 글의 성격과 방향이 완전히 달라질 수도 있다. 그런데도 이처럼 질 나쁜 독후감을 예로 든 이유는 독후감을 쓸 때 책을 꼭 찬양할 필요는 없다는 것을 설명하기 위함이다. 대회용으로는 최악의 독후감이 되겠지만, 생각의 폭을 넓히기 위해 가끔 이런 글을 쓰는 것도 나쁘지만은 않다.

물론 독후감 대회에 선정된 책들은 이미 좋다고 결론지어진 것들인 만큼, 대회용 독후감은 최대한 겸손하고, 아부성이 철철 넘쳐야만 '치킨'을 얻을 수 있다. 하지만 평소라면 자기의 생각과 느낌을 솔직하게 적어 버릇하자. 때론 치킨에 대한 열망은 잠시 접어둔 채 오롯이 내 생각과 느낌에 집중할 필요도 있다.

서평과 독후감

많은 사람이 서평과 독후감을 헷갈리거나 독후감보다 서평 쓰기가 훨씬 어렵다고 생각한다. 사실 내가 써왔던 글은 서평과 독후감의 경계를 오가긴 했지만, 그 둘은 아래와 같이 여러 가지 면에서 다르다.

	독후감	서평
성격	주관적	주관적(1/3)+객관적(2/3)
주어	나는	- 책은 - 저자는 - 주인공은 - 독자는
구성요소	- 책 제목 - 줄거리 - 내 생각이나 느낌	- 책 제목, 저자 - 책의 구성 - 책의 중심 메시지 - 책의 배경 - 책에 대한 정보 - 추천의 말

전문가적 수준을 요구하는 게 아니라면 서평 쓰기도 어렵지만은 않다. 사실 서평은 작가 소개, 배경, 줄거리 요약, 발췌 문장 등의 객관적인 정보가 많이 차지하고 있어 기계적으로 써나갈 수 있는 부분이 많다. 따라서

서평 쓰기는 익숙해질수록 쉬워진다. 하지만 독후감은 책을 깊이 읽고 나만의 생각과 관점을 뽑아내야 하기에 익숙해질수록 어렵게 느껴질 수도 있다.

독후감 쓰기에 대한 나의 작은 팁을 소개한다면,
1. 우선 읽을 책과 함께 형광펜, 포스트잇, 이면지 한 장을 준비한다.
2. 책을 꼼꼼히 읽으며 주제에 해당하거나 마음에 드는 문구를 발견하면 형광펜으로 표시하고 페이지에 포스트잇을 붙인다.
3. 책을 읽다가 떠오르는 생각이나 느낌을 이면지에 바로 적는다.
4. 책 읽기가 끝나면 포스트잇이 붙어있는 페이지를 찾아 형광펜으로 밑줄 친 문장들을 노트에 깔끔하게 필사한다. 이는 책을 두 번 읽는 것과 마찬가지의 효과를 준다.
5. 필사하면서 정리된 내용과 이면지의 내용을 섞어 독후감을 완성한다.
6. 완성된 독후감을 다시 한번 읽으며 퇴고한다.

책을 읽을 때마다 독후감을 쓴다는 건 여간 귀찮고 힘든 일이 아니다. 처음에는 서너 문장이어도 괜찮다. 하지만 글쓰기를 위해서라면 독후감의 양을 조금씩 늘려가자. 글이 길어진다는 것은 생각이 많아진다는 것이고, 생각이 많아진다는 것은 좋은 글을 쓸 수 있다는 뜻이다. 세상에 독후감 쓰기만큼 독서와 글쓰기를 한꺼번에 해결해 주는 방법은 없다.

라면을 맛있게 '쓰는' 법

바야흐로 에세이의 시대가 도래했다. 도서관에는 소설보다 에세이가 더 많은 자리를 차지하고 대형 서점에는 하루가 멀다고 쏟아져 나오는 에세이들이 매대를 꽉 채우고 있다. 서점에서 에세이를 둘러보는 독자들도 어린 학생들부터 나이가 지긋하신 어르신까지 연령대도 다양하다. 문학이 외면당하고 있다고 아우성치는 요즘, 사람들이 유독 에세이에 관심을 보이는 이유는 뭘까.

우선 매일같이 수많은 에세이들이 쏟아지는 이유는 누구나 에세이를 쓸 수 있는 시대가 되었기 때문이다. 컴퓨터와 인터넷만 있다면 이제는 누구나 글을 쓰고 발행할 수 있다. 게다가 문학이라는 거대한 산맥을 넘지 않아도 되고 시나 소설처럼 등단을 거치지 않고 작가가 될 수 있는 분야는 에세이가 유일하다. '잡문'이라 불리는 만큼 에세이의 소재 역시 아무런 제한이 없다. 영화나 요리는 물론이고 요즘은 커피나 라면, 전통주, 선인장, 퇴사, 요가 같은 전에는 상상할 수도 없었던 소재들이 에세이에 단골로 등장하고 있다.

에세이를 선택하는 사람들의 목적도 각양각색이다. 어떤 사람은 비슷한 상처를 경험한 사람의 글에서 위로와 격려를 받기를 원하기도 하고 또 어떤 사람은 독특한 취미와 취향을 공유하며 필요한 정보를 얻을 위해 에세이를 집어 들기도 한다. 이처럼 풍부한 주제와 다양한 목적으로 쓰인 에세이는 타인의 삶을 바라보고 공감할 수 있는 최고의 수단으로 간주되고 있다.

그렇다면 좋은 에세이란 어떤 글일까. 독자들은 어떤 글에 환호하고 어떤 글에 눈물을 보일까. 물론 에세이를 선택하는 기준 역시 천차만별이겠지만, 나는 그야말로 '사람 냄새 풀풀 나는' 에세이를 좋아한다. 이상하게도 나는 소설이나 시, 수필에 상관없이 글보다도 사람이 먼저 눈에 들어온다. 글에는 글 쓰는 사람의 성격과 마음 상태, 세상을 바라보는 시각이 묻어나기 때문이다. 에세이가 솔직 담백하다면, 글을 쓴 사람 역시 꾸밈없는 사람임이 틀림없다. 또한, 꾸밈없는 사람에게서는 잘 익은 된장처럼 구수하고 담백한 글이 피어오르기 마련이다. 결국, 나에게 좋은 에세이란 자신의 삶을 진하고 맛깔스럽게 끓여낸 된장찌개와 다르지 않다.

한국 사람이라면 누구나 집 안에 된장을 가지고 있듯 사람들은 누구나 자신만의 이야기를 가슴 속에 품고 있다. 문제는 이것을 어떻게 맛있게 끓여내냐는 것이다. 좋은 에세이를 쓰기 위해선, 제일 먼저 '평범함을 특별함으로 바꾸는 능력'이 필요하다. 예를 들어, '라면'은 누구나 먹는 평범한 음식에 속한다. 하지만 누군가 라면에 대한 독특한 취향을 글로 쓴다면 글 속의 라면은 이제 특별한 존재로 탈바꿈한 것이다. 라면을 맛있게 끓이는 독특한 레시피부터 라면에 대한 자신만의 시각과 철학을 표현할 수 있다면 얼마든지 멋진 에세이가 탄생할 수 있다는 뜻이다.

당신이 에세이를 쓰고자 한다면 내 주변에 뭐가 있는지부터 살펴보도록 하자. 유독 다육식물이 눈에 띈다면 '내 사랑 다육이'와 같은 글을 쓸 수 있고, 집 안 곳곳에 담금주가 있다면 '우리 집 술맛'에 관한 글을 쓸 수도 있다. 하지만 중요한 건 글에 자신만의 생각과 시선이 담겨 있어야 한다는 사실이다. 당신이 쓰고자 하는 글은 에세이지, 백과사전은 절대로 아니기 때문이다.

다시 라면으로 돌아와, 라면 이야기를 쓰고 싶다면 과연 어디서부터 시작하는 게 좋을까. 라면 이야기를 쓰고 싶다고 해서, 무턱대고 라면부터 끓여서는 안 된다. 우선 라면을 끓이기 전에 최대한 뜸을 들여 독자를 허기지게 만들어야 한다. 그러기 위해선 '그날따라 왜 라면을 떠올렸는지', 또는 '라면을 사러 가는 길'부터 시작해 보자. 즉, 비가 내릴 듯 말 듯 한 찌뿌둥한 날씨 때문이라든가, 밤늦게 편의점에 들렀는데 나도 모르게 라면을 집어 들었다는 식으로 독자들 또한 라면 생각이 간절해지게 만들어 보자.

충분히 허기를 느껴지게 했다면 이제부터는 라면을 끓여야 한다. 양은 냄비에 물을 넣어 펄펄 끓으면 라면을 집어넣는다. 여기에 파와 달걀은 기본이고 자신이 좋아하는 숙주나 버섯을 넣어도 좋다. 라면을 정성스럽게 끓이듯 표현이 감각적이고 세밀해야만 독자들도 당신의 글에 빠져들게 된다. 또한 라면이 맛있게 끓여졌다고 할지라도 젓가락을 바로 들어서는 안 된다. 라면이 품어내는 매콤한 향과 뜨뜻한 국물을 독자 스스로 음미할 시간이 필요하기 때문이다.

더욱이 라면을 끓인 본인 스스로가 '정말로 맛있다'라거나 '국물이 끝내준다'라고 칭찬하면, 먹는 사람이 오히려 김이 새기 마련이다. 그러니 라면을 정성스럽게 끓여내되, 상대방이 라면의 맛과 향을 오롯이 느낄 수 있게 여유를 주어야 한다. 흔히 말하는 에세이의 '여백의 미'란 바로 이런 것이다.

한 가지를 더 보태자면 마지막에는 라면의 '미래'까지 다루는 게 좋다. 다시 말해 라면을 먹게 된 과거부터, 라면을 먹고 있는 현재와 앞으로 먹게 될 라면까지 그려 넣자는 뜻이다. 소재에 대한 과거와 현재를 포함해 미래까지 다룰 수 있다면, 글의 완성도를 높일 수 있을 뿐만 아니라 자신의 철학까지 글 안에 담을 수 있다. 그렇게 세상의 하나뿐인 라면 이야기를 쓸 수 있다면 당신은 이미 괜찮은 에세이 한 편을 완성한 셈이다.

수필 이해하기

1. 수필의 종류

　수필은 생활에서 직접 경험하고 생각한 것들을 형식에 구애받지 않고 자유롭게 쓴 산문을 말한다. '수필'이라는 말에 해당하는 영어의 'essay'는 라틴어의 'exigere'에서 나왔다고 전해지는데 최초의 수필집은 프랑스의 철학자 몽테뉴의 『수상록』이라 할 수 있다. 수필은 글의 태도에 따라 크게 '경수필'과 '중수필'로 분류한다.

1) 경수필

　경수필은 '미셀러니miscellany'라고 한다. 이는 개인의 취향, 체험, 느낌, 인상 등을 자유롭게 표현하는 수필로, 가볍고 쉬운 느낌의 문장으로 표현되며 흔히 '몽테뉴적 수필'이라고 한다. 경수필은 개인적이고 주관적이며 서술자인 '나'가 겉으로 드러나는 경우가 대부분이다. 또한, 개인적 정서와 감정에 의존하고 시적 진술이 두드러지며 주로 소소한 일상을 다룬다.

2) 에세이

수필 중 중수필을 '에세이$_{essay}$'라고 한다. 일정한 주제를 가지고 체계적인 논리 구조와 객관적인 관찰을 바탕으로 쓰이는 수필로, 문장이 대체로 깊이 있고 무겁다. 흔히 '베이컨적 수필'이라고 불리는 에세이는 사회적, 객관적 관심을 표현하며 서술자인 '나'는 대부분 겉으로 드러나지 않는다. 보편적 논리와 이성에 의존하며 지적이며 사색적인 수필이 바로 중수필, 에세이인 셈이다.

이렇듯 수필과 에세이는 엄격히 구분된다. 우리가 쉽게 읽는 수필은 에세이가 아닌, 미셀러니라 할 수 있고, 에세이는 좀 더 딱딱하고 전문적인 글에 속한다.

2. 수필의 성격

프랑스의 문학평론가 르네 마릴 알베레스는 '에세이는 그 자체가 원래 지성을 기반으로 한 정서적 신비적 이미지로 이루어진 문학'이라고 정의했다. 이는 수필이 원래 지성을 기반으로 했다는 것을 의미하고 있지만, 수필이 문학이 되기 위해서는 반드시 정서적이어야만 한다. 현대에 와서는 수필의 이러한 정서적인 면을 더욱 강조하고 있다. 수필의 일반적인 성격을 살펴보면 다음과 같다.

1) 무형식의 문학

수필은 어떤 형식으로든 주제를 형상화할 수 있는 개방성을 지닌 자유로운 형식의 문학이다. 이런 점에서 본다면 일기, 기행문, 편지 등도 수필에 포함된다.

2) 자기 고백적 문학

수필은 꾸밈없이 자신의 이야기를 쓴 글로, 작가가 수필 속에 '나'로 등장하여 자신의 세계관과 가치관을 솔직하게 드러낸다. 따라서 인격이 뒷받침되지 않은 글은 독자의 공감을 절대로 얻을 수 없다.

3) 관조적이고 사색적인 문학

수필은 인생에 대한 깊은 성찰, 사색, 통찰 등을 통해 개인적이고 사소한 일을 고백하거나, 자신의 철학·종교·사회·과학 등에 대한 견해와 생각을 표현한다.

4) 유머와 위트, 비판의 문학

수필은 유머와 위트를 통해 문학적 향기와 멋을 지닌다. '유머'는 웃음을 자아내는 품위 있는 언어 표현이고, '위트'는 보통 사람으로서는 미처 생각할 수 없는 날카로운 판단이나 지혜를 가리킨다. 그러므로 수필은 유머와 위트를 통해 문학적 향기와 아름다운 정서를 표현할 뿐만 아니라, 지적 작용과 비판 의식을 요구하는 글이다.

5) 비전문적인 문학

수필은 생활인이라면 누구나 쓸 수 있는 글이지만, 거기에는 인생이나 사물에 대한 깊은 통찰력과 개성이 드러나야 한다.

6) 심미적, 철학적 문학

수필은 작가의 심미적 안목과 철학적 사색의 깊이가 그대로 드러난다.

3. 수필 쓰기

1) 수필의 소재

수필이 체험을 바탕으로 하는 문학이라고 해서 모든 체험이 글감이 되는 것은 아니다. 글감의 선택은 사람의 안목, 즉 작가 정신에 속하며, 선택한 소재를 형상화하고 의미를 부여하는 것은 작가의 철학과 사상에 달려있다.

2) 수필의 문장

수필의 문장은 첫째, 간결해야 한다. 대체로 '원고지 17장 내외'라는 수필의 제한성 때문에 수필의 문장은 간결해질 수밖에 없다. 간결할수록 문장은 탄력을 지니고, 함축은 여운을 동반한다.

둘째, 소박해야 한다. 소박하다는 것은 일부러 꾸미지 않은 것을 뜻하는데, 감동은 진솔함에서 오며 진솔함은 소박한 문장에서 빛나기 때문이다. 수필에서 아름다운 문장이란 미사여구가 아닌, 글의 깊이가 있고 철학이 묻어나는 문장을 뜻한다.

셋째, 평이해야 한다. 수필은 어렵고 현학적인 말로 과시하거나 잘 쓰지 않는 고어를 쓰기보다는 '보기 쉽고, 알기 쉽고, 읽기 쉬운 문장'을 사용해야만 더 많은 독자의 공감을 불러일으킬 수 있다.

3) 수필의 미문

미문이란 미사여구로 쓰인 문장을 말한다. 미문의 특징은 한 문장 속에 비유와 수식이 넘치게 들어 있어 그 꾸밈이 화려하게 드러난다는 것이다. 수사란 나타내고자 하는 진실을 더욱 진실하게 표현하기 위해서인데, 이것이 지나치면 오히려 진실을 가리고 희석해 버린다. 그러므로 글을 퇴고할 때는 너무 꾸민 인상을 주지 않도록 적당히 걷어내는 게 좋다.

4) 수필의 감정

수필의 문장에는 감정이 여과되어 있어야 한다. 미움, 증오, 분노, 슬픔, 기쁨 등의 감정이 원색적으로 글 속에 드러나면 글은 품위를 잃는다. 수필은 통곡하기보다 슬픔을 삭이는 글이고, 기쁨을 활짝 드러내기보다 미소를 살짝 띠게 하는 글이다. 또한, 고독을 바깥으로 드러내기보다 안으로 스며들게 하는 글이다. 이처럼 수필에서 절제는 생명과도 같으며, 그 절제를 통하여 아름다움을 구축하는 품위 있는 글이다.

엄마의 절필 선언

마음에 들지 않는 문장 하나와 씨름하고 있는데, 친정엄마로부터 전화를 받았다.

"엄마다, 별일 없니?"

"응, 아침부터 엄마가 웬일이야?"

"어제 이모랑 이모부 만났잖냐? 이모부가 네 책 잘 썼다고 많이 칭찬하시더라. 문장도 좋고 매끄럽다고. 요즘도 글 계속 쓰지?"

"이모부께서? 영광이네. 글은 이래저래 계속 쓰지. 그런데 엄마는 글 안 써?"

"나? 나 이제 글 안 쓸란다. 써봤자 별 볼일도 없고 괜히 골치만 아파."

"왜? 그러지 말고 열심히 썼다가 나랑 합동으로 책 한 권 내자니깐."

"싫어, 너나 계속 써. 난 당최 머리 아파서 더는 글 못 쓰겠으니깐. 그럼 끊는다."

전화를 끊은 나는 어리둥절했다. 책장에 당신 글이 실린 문예지를 모아

두는 걸 유일한 낙으로 삼으셨던 엄마가 갑자기 절필 선언이라니. 그것도 일 년에 한두 번 할까 말까 한 전화로 말이다.

엄마는 나보다 훨씬 일찍 등단한 수필작가였다. 엄마에게 등단을 권한 분은 먼저 등단한 큰이모였고, 큰이모를 수필로 이끈 분은 시인이신 이모부였다. 엄마와 이모가 등단한 뒤 외삼촌까지 이모부의 후배 시인과 결혼식을 올리면서 외가는 그야말로 '문학동네'가 되어 버렸다. 외갓집 식구들은 모이기만 하면 서로의 안부보다 문예지에 낸 글과 출간한 책에 대해 깊은 이야기를 나누곤 했다. 내가 글을 쓰기 시작하면서 등단을 당연하게 여겼던 이유도 그런 외갓집의 분위기 때문이었다.

소설과 비교할 수는 없지만, 수필에도 엄연히 등단이란 제도가 존재한다. 등단하는 방법 역시 소설과 크게 다르지 않다. 드물게 신춘문예를 통해 등단하기도 하지만 〈에세이문학〉이나 〈에세이스트〉, 〈수필문학〉, 〈현대수필〉, 〈계간수필〉 등의 문예지를 통해 등단하는 경우가 대부분이다.
나는 수필 계간지인 〈에세이문학〉을 통해 등단했다. 우선 나는 두 편의 글을 에세이문학 여름호에 보내 '초회 추천'을 통과했다. 곧바로 세 편의 글을 보내 가을호에 '완료 추천'을 받으리라 계획했지만, 이내 실패하고 말았다.

3~4명의 심사위원이 결정하는 초회 추천은 그리 어려운 편이 아니었다. 그러나 5~6명의 심사위원이 반드시 만장일치로 결정해야 하는 완료 추천은 절대로 만만치가 않았다. 게다가 다른 문예지를 통해 이미 등단한

작가들이 초회 추천을 건너뛴 채 완료 추천에 몰리는 바람에 등단의 길은 더욱더 좁아져 갔다. 다행히도 새로운 글로 완료 추천을 통과한 나는 문예지에 수필 한 편과 등단 소감문을 실을 수 있었다.

문학에서 등단이란 운전 면허시험과 비슷하다. 자동차를 운전하려면 필요한 법규와 운전법을 익힌 뒤 시험을 통과해야만 하는 것처럼, 등단은 글쓰기의 기본기를 갖추었으니, 글을 써보라는 '작가 자격증'인 셈이다. 물론 등단한다고 달라지는 건 아무것도 없다. 운전면허증을 땄다고 해서 곧바로 고속도로를 질주할 수 없듯이 등단했다고 대단한 글을 쓸 수 있는 건 아니다. 게다가 공모전이나 신춘문예 등의 치열한 경쟁을 치러야만 하는 소설 분야와 다르게 수필에서는 등단이 꼭 필요한 것도 아니다.

그런데도 등단을 거론하는 이유는 나의 두 가지 경험 때문이다. 첫째, 나는 등단을 통해 수필의 기본기를 다질 수 있었다. 그전까지 오직 감으로만 글을 쓰고 있던 나는 등단을 앞두고 적지 않은 노력을 기울였다. 깐깐한 심사위원들에게 '글 좀 써봤군' '이 정도면 앞으로 글을 계속 써도 되겠어'라는 인상을 심어주기 위해서는 탄탄한 글의 구조는 물론, 서사 있는 줄거리와 철학이 필요했다. 또한, 고정된 주제나 경계도 없는 맨바닥에서 좋은 글감을 찾으려면 평범한 삶을 새롭게 들여다볼 수 있는 눈도 갖춰야 했다. 여기저기서 얻은 체험과 생각이나 느낌을 버무려 글의 얼개를 완성하고 수정과 퇴고를 거쳐야만 수필 한 편이 완성되었다. 그런 식으로 총 10편의 글을 완성한 나는 등단을 위해 8편을 제출했고, 문예지에는 2편의 글을 싣게 되었다. 그렇게 재수까지 해가며 등단으로 얻은 건 작은 등단패가 전부이다. 하지만 어쩌다 들어오는 원고 청탁이 두렵지 않은 이유는 등단하느라 쏟았던 그간의 노력 덕분이었다.

또 다른 이유는, 등단으로 알게 모르게 얻은 이점들 때문이다. 우선 자격증 하나 없는 나에게 도서관에서 글쓰기 강좌를 맡을 수 있었던 이유도 내가 등단한 작가였기 때문이었다. 또한, 형편없는 기획서에도 불구하고 출판사 에디터들이 나의 첨부 파일을 클릭했던 이유도 소개서에 썼던 '등단작가'란 단어 때문이었다. 이렇듯 등단이란, 겨울밤 눈 내리듯 쏟아지는 출간 기획서들 사이에서 '검증'이란 마크를 단 채 반짝이는 작은 전구와 비슷하다.

작가 장강명은 책 『당선, 합격, 계급』에서, 미등단 작가는 불이익을 당하며 100m 달리기에서 1m 뒤에서 출발하는 것과 같다고 결론지었다. 물론 작가가 말한 등단은 소설에 국한한 것이지만, 나는 수필 역시 다르지 않다고 생각한다. 사실 수련의 과정을 거쳐 등단 작가가 된다는 건 글쓰기에 도움을 줄 수밖에 없다. 출간에 앞서 등단 작가가 된다는 건 가까운 길을 놔두고 멀리 돌아가는 것인지도 모른다. 하지만 작가라는 먼 길을 생각한다면 절대로 나쁜 선택은 아닐 것이다.

물론 등단 작가라고 해서 출간 시 특별대우를 받는 것은 아니다. 기획서 소개란에 '등단작가'라는 그 한 줄을 쓰기 위해 모진 시간을 견뎌야 할 수도 있다. 하지만 천 명, 만 명이 함께 뛰는 100m 달리기에서 1cm라도 먼저 내밀 수 있다면, 마찬가지로 깜깜한 밤에 작은 불빛이라도 비출 수 있다면 누가 마다하겠는가.

며칠 후 친정엄마한테 전화했더니 막냇동생이 냉큼 전화를 받았다.

"왜 엄마 전화를 네가 받아? 엄마 어디 가셨어?"
"말도 마. 며칠 전부터 글 쓴다고 끙끙 앓다가 조금 전에야 겨우 잠드셨
어. 엄마 깨실까 봐 내가 얼른 받은 거야."
"그래? 엄마 이제 글 안 쓴다고 하시던데."
"그랬지. 그랬는데 에세이문학에서 전화가 왔었나 봐. 문예지에서 새로
운 코너를 만들었다면서 엄마한테 글을 써달라고 했대. 몇 번 거절했다
가 결국 쓰기로 한 거지, 뭐."
"어떤 글을 써달라고 했는데?"
"몰라. 아휴, 난 제발 엄마가 글 좀 안 썼으면 좋겠어. 온종일 뭘 쓸까 고
민하는 엄마 지켜보는 것도 이제 지긋지긋해."

전화를 끊은 나는 피식 웃고 말았다. 엄마가 절필이라니 가당치도 않은
얘기였다. 자신이 등단 작가란 사실을 한시도 잊어본 적 없는 엄마였다.
그렇지 않았다면 얼마 되지 않는 원고료를 받으며 십 년 넘게 글을 쓸 이
유가 없었다. 엄마에게 등단이란 건넌 다리를 불사르는 일과 다름없었다.
다시 돌아갈 수 없기에 앞만 보고 걸어야 하는 삶을 엄마는 선택했단 것
이다. 이왕 그런 길을 선택했다면 질주하기보다 느긋하게 걸으며 풍경을
즐기는 편이 오히려 낫지 않을까. 그나저나 다음 문예지에서 만나게 될
엄마의 글이 벌써 기다려진다.

등단의 이점

수필 문학 전문지를 살펴보면, 〈수필문학〉〈한국수필〉〈좋은수필〉〈에세이문학〉〈현대수필〉〈에세이21〉〈에세이문예〉〈수필춘추〉〈수필미학〉 등으로 대홍수를 이룬다. 이러한 문예지로 등단해 활동하고 있는 수필가만 해도 몇천 명에 이른다. 그렇다면 수필가로 등단하면 어떤 이점이 있을까. 시나 소설로 등단한다고 해서 갑자기 유명 작가가 되는 것이 아니듯, 수필가가 된다고 해서 물밀듯이 원고청탁이 들어오거나 출판사에서 책을 내자고 연락해 오지는 않는다. 하지만 문학계의 적지 않은 문제점에도 불구하고 작가들이 등단을 고집하는 이유는 잘은 몰라도 뭔가 이점이 있기 때문이라고 생각한다. 자기소개서를 제외하고도, 지금까지 내가 경험한 등단의 이점은 다음과 같다.

첫째, 한국예술인복지재단(www.kawf.kr) 등록이 가능하다. 한국예술인복지재단은 예술인의 복지에 대한 체계적이고 종합적인 지원을 함으로써 예술인들의 창작활동을 증진하고 예술 발전에 도움을 주기 위해 2012년도에 설립된 공공기관이다. 이를 위해 예술 활동을 하고 있다는 사실을 증명하는 '예술활동증명'이란 절차가 있는데, 이 과정에서 가장 필요한 것이 바로 '등단'이다. 등단과 문예지 활동을 통해 예술 활동이 증명되면, '예술인 패스'부터 창작준비금 지원, 예술인 산재보험, 예술인 사회보험료 지원, 예술인 생활안정자금, 예술인 의료비 지원 등의 혜택을 받게 된다.

둘째, 각 지역 예술재단의 창작 지원사업에 응모할 수 있다. 학비 걱정 때문에 대학 못 간다는 말이 거짓이듯 출판비 때문에 출간하지 못한다는 말도 이제는 거짓이다. 각 지방자치나 예술인협회에서는 실력 있는 작가들을 위해 창작기금이나 출판 비용을 지원한다. 특히 한국문학예술위원회(www.arko.or.kr)에서 주관하는 '아르코문학 창작기금'은 1, 2차 심사를 거쳐 선정된 작가에게 1천만 원의 창작기금을 지원한다.

마지막으로, 각종 문예지나 문학잡지에 원고청탁을 받을 수 있다. 수많은 글이 필요한 문학지는 언제나 좋은 글에 목말라한다. 그리고 한 번의 원고청탁은 또 다른 원고청탁으로 이어지게 마련이다. 물론 대단한 원고료를 받는 것은 아니지만, 자신의 글을 인정받을 수 있을 뿐만 아니라 글쓰기의 활력을 얻을 수 있다.

2부

책쓰기

브런치 하실래요?

 인터넷에서 뭔가를 검색하던 중에 우연히 '브런치 작가 수입은 얼마?'
라는 제목의 글을 발견했다. '이건, 뭐지? 브런치에 수입이 있었어? 혹시
나만 몰랐나?' 놀란 마음에 클릭해 들어가 보니, 브런치 작가로 선정되면
작가료를 받냐는 다소 어이없는 질문이었다. 하기야 언젠가는 광고도 없
는 데다 아마추어 작가들에게 '열정페이'를 요구한다며 브런치를 박차고
나갔다는 글을 보기도 했다. 브런치에 글을 연재해 출간한 나로서는 그러
한 반응이 다소 어이없긴 했지만, 반대로 브런치의 인기를 실감한 순간이
기도 했다.

 글쓰기 플랫폼 브런치는 확실히 글 쓰는 사람들에게 로망의 대상이다.
브런치 작가로 만들어 주겠다는 광고가 넘쳐나고, '장수와 n 수'까지 해가
며 브런치에 목매는 걸 보면 뭔가 있다는 이야기다. 나 역시 서점에서 북
토크를 할 때도 브런치에 대해 자세히 묻는 사람들이 한두 명은 꼭 있었
고 글쓰기 강좌를 부탁했던 곳에서는 '출간 작가'가 아닌 '브런치 작가'로
소개해 달라고 부탁하기도 했다.

도대체 브런치의 인기 비결은 뭘까. 실패를 무릅쓰면서도 사람들은 왜 브런치 작가가 되고 싶어 할까. 우선 브런치는 2015년 서비스를 시작한 카카오의 블로그다. 누구나 가입할 수는 있지만, 콘텐츠를 발행하려면 작가 신청을 한 후 승인을 받아야만 한다.

2012년 에번 윌리엄스가 개발한 '미디엄'이라는 플랫폼을 롤 모델 삼아 제작했다는 브런치는 작가들이 온전히 글 쓰는 데만 집중할 수 있도록 최적의 디바이스를 제공한다. 어디서나 글을 쓸 수 있고, 사진과 그림을 배치해 아주 근사해 보이는 포스팅을 완성한 후 작가의 서랍에 넣어두거나 발행할 수 있다. 여기까지는 모두가 알고 있는 팩트.

당연한 이야기지만, 브런치 작가라고 해서 작가료를 받거나 당장 출간 제의를 받는 것은 아니다. 브런치는 '출간을 꿈꾸는 예비 작가들이 다닥다닥 모여 글쓰기에 몰두하는 일종의 거대한 작업실'인 셈이다. 다행이라면 월세 걱정 없이 브런치에서 제공하는 디바이스를 맘껏 쓸 수 있다는 정도가 아닐까 싶다.

브런치를 만난 건 2018년 봄이었다. 이웃 블로그에 들렀다가 처음 브런치를 알게 된 나는 그 매력에 푹 빠져버렸다. 고급스러운 포맷에 다양하고 수준 있는 글들이 나를 향해 손짓하는 것만 같았다. 작가로 선정되어야만 글을 발행할 수 있다는 점도 나에겐 별 문젯거리가 되지 않았다. 이미 블로그엔 적지 않은 글을 가지고 있었고, 문예지에 발표한 글들도 차곡차곡 쌓아두었기 때문이었다. 그 즉시 나는 브런치 작가를 신청했다.

몇 가지 질문에 대답하고 문예지에 실었던 글 세 편을 작가 서랍에 넣어둔 다음, 블로그 주소를 복사해 작가 신청을 마쳤다. 그때까지도 브런치의 인기를 실감하지 못한 나는 며칠 후 메일로 날아온 작가 승인을 당연하게만 여겼다.

　내가 본 브런치는 거대한 지구를 축소한 사회였다. 그곳에는 한번도 만나지 못한 다양한 사람들의 이야기가 담겨 있었다. 간호사나 백수, 여행가, 요리사 등이 한데 모여 자신의 삶과 일상을 그려냈다. 나는 낯선 도시를 구경하듯 브런치의 이곳저곳을 기웃거렸다. 하루는 수의사의 하루를 엿보기도 하고, 다음날은 전통주의 오랜 역사와 미래를 뒤적거리기도 했다.
　세상에 이처럼 다양한 사람들이 자신의 세계를 그려내고 있다는 사실이 그저 놀라울 따름이었다. 독자로서 브런치의 폭넓은 세계를 만끽한 나는 작가로 돌아와 글 쓰는 플랫폼으로서의 브런치를 구석구석 살피기 시작했다.

　우선 브런치는 여러 가지 포맷으로 글을 작성할 수 있다. 완성한 글을 임시 저장하는 '작가의 서랍'과 주제를 선택해 글을 쌓아둘 수 있는 '매거진', 그리고 완성된 글을 출간 형태로 묶은 '브런치북'처럼 작가의 의도대로 글을 발행할 수 있다. 브런치의 또 다른 매력은 수정과 편집이 쉽고 편리하다는 점이다. 작가들 대부분은 글은 컴퓨터로 쓰는 반면, 수정은 모바일폰으로 한다는 점을 간파한 브런치는 휴대폰으로도 맞춤법 검사와 수정을 쉽게 할 수 있도록 설계되어 있다.

더욱이 출간을 앞둔 작가라면 브런치는 최고의 발판 구실을 한다. 사실 브런치는 예비 작가들이 모인 동네라 댓글도 적고 피드백도 많진 않다. 하지만 카카오톡 채널이나 '다음(Daum)' 메인에 글을 노출해 폭발적인 반응을 일으키는 한편, 예비 독자를 형성하기도 한다.

나 역시 '다음'에 노출된 글들로 출간에 이를 수 있었다. 당시 나는 세 개의 매거진을 구성해 글을 쓰고 있었는데 100~150을 맴돌던 조회 수가 15,000~17,000까지 폭발적으로 증가하는 걸 목격했다. 그토록 많은 사람이 내 글을 읽는다는 게 기쁘고 신기했지만, 누적 조회 수가 45만이 다 되도록 정작 그 이유를 알지 못했다. 며칠 후 '다음'에서 내 글을 읽었다는 시누이의 전화를 받고 나서야 조회 수가 치솟은 이유를 알게 된 나는 브런치의 위력을 새삼스럽게 실감했다. 덕분에 출간의 고민에서 해방된 나는 연재했던 원고와 브런치 조회 수를 첨부해 기획서를 쓰기 시작했다.

그때쯤 추가된 '작가에게 제안하기' 기능은 출간을 고민하는 예비 작가들의 부담을 한층 덜어주었다. 즉, 브런치 주변을 어슬렁대는 출판사 에디터들이 직접 출간을 제안할 수 있게 만들어 작가들이 일일이 출판사 문을 두드릴 필요가 없어진 것이다.

나아가 '브런치북 출판 프로젝트'에 선정된 작가는 거액의 상금은 물론 전담 출판사로부터 출간과 마케팅을 지원받는 호사를 누릴 수도 있다. 문재인 대통령이 추천해 2019년 올해의 책으로 선정된 작품 『90년생이 온다』 역시 브런치북 프로젝트 수상작이었다.

굳이 브런치북 프로젝트가 아니더라도 출간의 기회는 수두룩하다. 『하마터면 열심히 살 뻔했다』, 『무례한 사람에게 웃으며 대처하는 법』, 『회색인간』처럼 괜찮은 콘텐츠를 찾아 브런치를 눈여겨보는 출판사 에디터들이 한둘이 아니기 때문이다. 4만이 넘는 브런치 작가 중 10% 이상이 출간에 성공하는 이유도 바로 이와 같은 브런치의 구조 덕분이 아닐까 생각한다.

물론 브런치가 좋은 점만 가진 것은 아니다. 등단이 글쓰기의 기본기를 본다면, 브런치는 콘텐츠를 우선으로 본다. 즉, 자신만의 콘텐츠가 있다면 글이 좀 부족해도 작가로서의 가능성을 열어두겠다는 것이다. 그러다 보니 필력이 약한 작가들도 많이 눈에 띈다. 사실 브런치의 문턱이 높아진 건 글 쓰는 사람들이 많아졌다는 증거일 뿐, 평가 기준이 높아진 건 아니다. 바꿔 말하면, 쓰고 싶은 글이 있다는 점을 어필하면 생각보다 쉽게 브런치 문턱을 넘어설 수 있다는 뜻이다. 몇몇 작가들은 브런치가 아무나 접근할 수 없다는 점에서 명품이라 생각한다. 하지만 내가 겪은 브런치는 정말 글 쓰고 싶은 사람들만 받기 위해 '잡상인 출입금지'를 내걸었을 뿐, 명품과는 거리가 멀었다.

브런치의 또 다른 문제점은 유행에 너무 민감하다는 것이다. 한때는 '소확행'과 '퇴사'로 도배되었던 브런치엔 요즘은 '비혼'과 '이혼'에 대한 글들이 부쩍 늘고 있다. 너나없이 이혼을 이야기하는 걸 보면 '나도 이혼 한 번 해봐'하는 마음이 들기도 한다.

그런데도 예비 작가들에게 브런치는 여전히 매력적으로만 비칠 뿐이다. 글쓰기 플랫폼이나 출간 도우미로 볼 때, 브런치만큼 작가들에게 이상적인 공간도 없기 때문이다. 그러니 예비 작가들이여, 장수와 n 수를 하더라도 브런치 도전을 멈추지 말지어다. 브런치북 수상이 아니더라도 출간의 길은 열려 있나니. 당신만의 속도로 매거진에 글을 더해가다 보면, 다음과 같은 메시지를 받게 될 것이다.

'안녕하세요, 작가님! 브런치를 통하여 작가님께 새로운 제안이 도착하였습니다. 검토 후 제안하신 분과 메일로 직접 의사소통 부탁드립니다.'

이 가슴 떨리는 메시지야말로 내일 당장 당신이 브런치에 도전해야 하는 이유이다.

카카오 브런치 파헤치기

몇 해 전 브런치에서 주관한 '한식 공모대전'에 도전했다가 실패했다. 군이 핑계를 대자면 수상자들은 내가 응모한 수필 영역보다 일러스트나 삽화 영역에서 많이 나왔다. 게다가 수필 부문의 수상자들 역시 기존의 브런치 작가들이 아닌, 공모전을 위해 브런치에 급하게 입성한 기성 작가들이었다. 한 번 터를 잡은 작가들이 나갈 리는 없을 터, 아마도 브런치의 입주 경쟁은 나날이 심해지리라 예상된다. 카카오톡이 우리의 휴대폰을 점령했듯, 브런치가 작가들을 모두 점령하리라는 불안한 예감마저 든다. 그렇다면 우리는 브런치를 좀 더 자세히 파헤쳐 볼 필요가 있다.

1. 브런치 작가, 정말 어려울까?

나의 대답은 '아니요'다. 글이라곤 써 본 적 없는 나의 남편도 쉽게 브런치 작가가 되었다. 왜냐하면 남편에겐 쓰고 싶은 글도 있었고 출간하고 싶은 마음도 간절했기 때문이었다. 브런치는 출간을 지향하는 곳이다. 출간을 원하지 않는다면 군이 브런치에 발을 디딜 필요도, 브런치 작가가 될 가능성도 없다. 따라서 브런치 작가가 되고 싶다면 앞으로 출간하고 싶은 글을 선보이도록 하자. 쓰고 싶은 이야기, 출간하고 싶은 책이 있다는 걸 알아채는 순간, 브런치는 당신에게 문을 활짝 열어 보일 것이다.

2. 작가 지원 프로젝트란?

카카오 브런치는 출간을 꿈꾸는 작가들을 위해 다양한 프로젝트를 진행하고 있다.

1) 브런치 책방

브런치에서 활동하는 작가들은 자신의 책을 브런치 책방에 입고해 소개할 수 있다. 물론 광고료나 입고비는 없다. 브런치 책방에 책을 입고하면 '출간작가'로 표시될 뿐만 아니라, 책구매하기 버튼은 인터넷 서점으로 바로 연결된다.

2) 브런치 P.O.D 출간 프로젝트

POD는 'Publish On Demand'의 약자로, 주문이 오면 책을 제작하는 출판 서비스를 뜻한다. 기획출판에 부담을 느끼는 작가들은 출판 비용을 들이지 않고도 브런치에 내장된 '부크크' 서비스를 이용해 출간할 수 있다. 출판이 완료되면 온라인 서점과 브런치 책방에 입고되며 판매가 이루어지면 인세도 받을 수 있다.

3) 브런치북 출판 프로젝트

신인.스타 작가의 등용문으로 자리 잡은 '브런치북 출판 프로젝트'는 2015년부터 진행된 종이책 출판 공모전이다. '새로운 작가의 탄생'이란 슬로건 하에 수많은 작가의 출판을 지원하고 있다. 카카오와 브런치는 그동안 10회에 걸쳐 5억여 원을 지원해 총 339권의 수상작을 탄생

시켰고, 수많은 베스트셀러를 만들어 냈다. 수상작은 유명 출판사의 편집 과정을 거쳐 책으로 출판되며, 출판 후에는 카카오의 마케팅 지원을 받게 된다. 또한, 출간 후에는 대형 서점에서 '브런치북 출판 수상자 전'이 진행한다.

4) 브런치 콜라보레이션

브런치가 중매하는 작가와 브랜드의 만남을 뜻한다. 지금까지 〈브런치 × 빅이슈〉 〈브런치 × 론리플래닛〉 〈브런치 × 오보이!〉 〈브런치 × 볼드저널〉 〈브런치 × 어라운드〉 콜라보레이션을 통해 다수의 브런치 작가 글이 매거진에 수록되었다.

5) 브런치 무비 패스

영화를 사랑하는 이들을 위한 프로젝트. 브런치가 제휴한 영화 시사회에 작가를 초대하고 작가는 관람 이후 리뷰를 발행하는 정기적인 프로그램이다.

2017년에는 3박 5일의 싱가포르 여행을 지원하는 '트래블 패스'를 통해 선발된 5명에게 항공권과 숙박을 지원했다. 그 밖에도 '빨간 머리 앤'의 글과 그림 작가를 찾는 2019년 '파트너 출간 프로젝트', 1천만 원 규모의 상금을 주는 '한식문화 공모전', 2020년에는 한국교육방송(EBS)와 함께 60명의 작가를 선정해 한 권의 책을 출간하는 '나도 작가다' 공모전 등을 진행하였다.

3. 브런치 작가들의 책

카카오 브런치가 배출한 베스트셀러에는

- 『어서 오세요, 휴남동 서점입니다』 황보름, 클레이하우스
- 『젊은 ADHD의 슬픔』 정지음, 민음사
- 『작고 기특한 불행』 오지윤, RHK
- 『안 느끼한 산문집』 강이슬, 웨일북
- 『90년대생이 온다』 임홍택, 웨일북
- 『회색 인간』 김동식, 요다

등 다수가 있다.

명란 파스타 한 접시와 책 한 권

　내가 사는 아파트 건너편에는 파스타로 유명한 식당이 있다. 명란 파스타가 일품인 데다가 금강을 끼고 있어 그야말로 문전성시를 이루는 곳이다. 학교 엄마들과 처음 맛본 명란 파스타는 내게 맛의 신세계를 보여주었다. 은은하게 피어오르는 마늘 향과 입안에서 톡톡 터지는 명란젓은 낯선 엄마들의 만남까지 기분 좋게 만들었다. 파스타 한 가락 남지 않은 접시들이 치워지고 갓 볶아낸 커피 향이 날아들 때쯤, 나는 식당 안을 천천히 둘러보기 시작했다. 자리가 빌 새라 들어서는 사람들은 채 앉기도 전에 명란 파스타를 주문했다. 얼마 후 따뜻한 김이 나는 파스타를 먹고 향기 좋은 아메리카노를 마신 사람들은 금강을 바라보며 즐거운 한때를 만끽했다.

　일 분에 한 접시꼴로 주문되는 명란 파스타를 보면서 문득 내 책도 저렇게 팔리면 얼마나 기분 좋을까 생각했다. 일 분에 한 권, 아니 십 분에 한 권 책이 팔리면 일 년에 몇 쇄가 들어가는지 이미 나는 계산까지 하고 있었다. 그렇게 기분 좋은 환상에 잠시 사로잡혀 있던 나는 17,000원짜리 파스타와 책 중에 어느 쪽이 더 많은 이윤과 가치를 지니는지 따져보기 시작했다.

과연 내가 쓴 책이 명란 파스타를 포기할 만큼의 가치를 지니고 있을까. 생각하면 할수록 자신이 없어졌다. 17,000원짜리 명란 파스타는 우선 사람들의 허기를 채워준다. 게다가 강이 내려다보이는 식당에서 이루어지는 사랑하는 사람들과의 식사라면, 오감을 만족시켜 주는 명품 파스타의 가치는 사실 측정조차 불가능했다. 그렇게 태산처럼 커져 버린 명란 파스타 앞에서 내 책은 한없이 작아져만 갔다.

> 파스타 한 접시의 포만감과,
> 파스타 한 접시의 행복과,
> 그리고 파스타 한 접시의 추억, 이란 시구가 귓가를 맴돌았다.

사실 책을 출간한다는 것은 17,000원짜리 파스타를 1,000명, 2,000명 또는 그 이상의 사람들에게 한꺼번에 파는 일과 같다. 바꿔 말해 파스타 한 접시의 가치만큼을 독자들에게 돌려주어야 한다는 의미다. 그렇다면 책이 지닐 수 있는 가치란 무엇일까.

나는 책이 소통의 창구라고 생각한다. 많은 사람이 다른 장소, 다른 시간대의 사람들과 생각과 정보를 나누기 위해 책을 읽는다. 따라서 책은 독자들에게 새로운 생각과 정보를 제공해야만 한다. 또한, 독자들에게 새로운 세계를 제시함으로써 우리가 살아가는 이 세계를 좀 더 이해할 수 있게 만들어야 한다.

책을 출간한 이후, 내 주위에는 다양한 사람이 모여들기 시작했다. 그 중에는 책을 내는 게 꿈이라며 출간의 과정을 묻는 사람들도 있었고, 이미 출간을 결심하고 진지한 표정으로 원고를 내미는 사람들도 있었다. 참으로 난감했다. 출판사 에디터도 아니고 겨우 책 한 권 출간한 주제에 심혈을 기울여 쓴 원고를 함부로 판단할 수는 없었다. 그러나 한번만 읽어 봐 달라는 애원을 뿌리치지 못해 원고를 받아 들기도 했다.

원고들은 대개 세 부류였다. 첫째, 필력은 좋은데 콘텐츠가 없는 글. 둘째, 콘텐츠는 좋은데 필력이 약한 글. 마지막으로, 필력도 약하고 콘텐츠도 좋지 않은 글. 사실 원고들의 대부분은 세 번째 부류에 속했다. 명확한 대상은커녕 나누고 싶은 마음도 별로 없어 보였던 글들은 하나같이 지난 일에 대한 후회나 자책감을 드러낼 뿐이었다.

물론 사적인 일기라도 책이 될 수 있는 여지는 많다. 평범한 일상일지라도 섬세한 묘사와 깊은 사유가 돋보이는 일기는 독자에게 읽을거리를 제공한다. 하지만 내 손에 쥐어진 원고들은 평범한 일기들이었고 아무런 흥미를 느낄 수 없었다. 결국 나는 원고 주인에게 좀 더 시간을 갖고 신중하게 생각해 보자고 타일렀지만, 돌아서는 사람들은 불편한 표정을 감추지 못했다.

책 『문명과 지식의 진화사』의 저자 니콜 하워드가 "어떤 테크놀로지도 인류 역사에 이만큼 지대한 영향을 미치지는 못한다"라고 말했듯, 책은 오랜 시간 세계의 문명을 장악하며 인간의 사상과 철학, 지식과 정보를 전달해 왔다. 하지만 디지털과 유무선 통신의 발달은 누구나 작가가 될 수 있게 만들어 주었고, 출간의 기회 역시 급격히 늘고 있다. 이제 글 쓰는 사람이면 누구나 출간을 꿈꾸는 세상이 된 것이다.

사실 자신의 이름이 적힌 책에 나의 이야기와 생각을 담는 일은 얼마나 매력적인가. 나 역시 처음으로 나의 책을 받아본 그날을 또렷이 기억한다. 하지만 출간의 기쁨도 잠시, 불안감이 엄습해 왔다. 내 책이 사람들에게 뭔가를 줄 수 있을까. 만약 뭔가를 줄 수 있다면 그 가치가 17,000원을 넘어설까 하는 걱정이 꼬리에 꼬리를 물었다. 그런 나의 고민은 몇몇 독자로부터 책을 재미있게 읽었다고, 유익한 책이었다는 메일을 받을 때까지 계속되었다.

앞으로도 내 앞에는 출간을 꿈꾸는 이들의 원고가 계속 놓일 모양이다. 친구의 동생, 엄마의 팔촌 동생, 블로그 이웃까지 얼마나 많은 이들이 출간을 꿈꾸던가. 하지만 남의 원고를 읽고 판단하는 일은 철저히 내 영역 밖이다. 하지만 경험도 부족하고 식견도 짧다는 나의 구구절절한 변명이 소용없으리란 것도 알고 있다. 다행히 나는 출간을 대신 결정해 줄 다른 뭔가를 찾아냈다.

그 뭔가는 두 개의 동그란 접시가 달린 수평 저울이다. 방법은 어렵지 않다. 한쪽엔 원고를 놓고, 다른 한쪽엔 명란 파스타 한 접시를 두면 된다. 출간은 김이 모락모락 피어오르는 맛깔스러운 명란 파스타와 원고가 수평을 이뤄야만 결정된다. 즉, 파스타 한 접시가 주는 포만감과 행복에 비교해 그만큼의 재미와 유익함을 줄 수 있다면 당장 출간에 나서도 좋다는 뜻이다.

 이 작은 저울 덕분에 나는 누군가의 원고를 진땀을 빼며 읽을 필요가 없어졌다. 출간을 꿈꾸는 여러분들도 이 멋진 저울을 사용해 보면 어떨지. 물론 고소한 향을 품기는 명란 파스타와 겨루는 일은 절대로 쉽지 않을 것이다.

글쓰기와 책 쓰기의 차이점

출간 경험이 없는 작가들은 막연히 글쓰기와 책 쓰기가 비슷하다고 생각한다. 하지만 글쓰기와 책 쓰기는 엄연히 다르다. 글은 아무나 쓸 수 있지만, 책은 누구나 쓸 수 있는 건 아니다. 매일같이 글을 쓴다고 해서 저절로 책이 되는 것은 아니기 때문이다.

	글쓰기	책 쓰기
분량	원고지나 A4 몇 장으로 완성된다.	원고지나 A4 수백 장으로 완성된다.
언어	독자를 고려할 필요 없이 나의 언어로 자유롭게 쓸 수 있다.	대상에 알맞은 언어 선택은 필수이며, 예시와 데이터의 수준도 고려해야 한다.
필요 요소	글쓰기는 순발력과 재치만으로 완성할 수 있다.	책을 완성하기 위해서는 논리력과 지구력, 끈기 등이 필요하며, 긴 절차와 시간, 오랜 노력 끝에 완성된다.
완성	무엇을 쓸 건지만 생각하면 된다.	글의 주제와 집필 의도를 위한 긴 호흡의 글이 필요하고, 목차와 출간 기획서를 작성해야 한다.

글쓰기는 관심 있는 주제를 자유롭게 표현할 수 있지만, 책 쓰기는 콘셉트에 맞춰 일관된 주제로 써나가는 일종의 프로젝트라고 할 수 있다. 또한, 책 쓰기는 상업적인 성과를 기대하며 진행하는 일인 만큼 철저한 전략과 전술이 필요하다. 이 둘을 좀 더 자세히 비교하면 다음과 같다.

책 쓰기를 위한 학원이나 강좌에서는 글 쓰는 능력이 없어도 책 쓰기가 가능하다고 말한다. 문학 분야를 제외하면 책 쓰기는 일종의 콘텐츠에 해당하기 때문에 논리력과 정보만 충분하면 쉽게 책을 쓸 수 있다는 것이다. 하지만 좋은 글이란 아름다운 비유나 묘사가 포함된 글이 아닌, 원하는 바를 쉽고 정확하게 설명한 글을 뜻한다.

우리에게 널리 알려진 책, 칼 세이건의 『코스모스』나, 에드워드 카의 『역사란 무엇인가』 등을 살펴보자. 화려한 수식어나 미사여구가 아닌, 정확하고 군더더기 없는 문장이 눈에 띄는가. 특히 '우주를 가장 아름답게 설명한 책'이라고 알려진 『코스모스』는 문학작품보다 아름다운 문장으로 유명하다. 반면 아무리 좋은 콘텐츠를 담고 있더라도, 글쓰기 능력을 갖추지 못한 저자의 책은 베스트셀러가 되기 어렵다. 출간을 마음에 두고 있다면 글쓰기 능력부터 쌓아나가자. 글쓰기가 책 쓰기의 전부는 아니지만, 글쓰기 없이는 책 쓰기가 불가능하다.

'강남스타일'의 기적

　〈강남스타일〉로 월드 스타가 된 가수 싸이는 예능 프로그램에 출연해 자신의 고민을 털어놓은 적이 있다. 싸이는 이 곡에 맘먹는 히트곡을 내기 위해 전작의 성공을 분석하고 조사했지만, 끝내 그 비결을 찾지 못했다고 했다. 사실 〈강남스타일〉은 그의 말대로 아무 생각 없이 얻어걸린 사례였기에 어떤 경로를 통해 성공했는지 도통 감을 잡을 수 없었던 것이다. 결국, 초심으로 돌아가 그저 하고 싶은 음악을 계속하기로 한 가수 싸이는 '의도하지는 않되, 혹시 걸릴까' 하는 마음으로 제작했다며 새 음반을 소개했다.

　베스트셀러 작가 김영하도 5년 만에 내놓은 소설집 『오빠가 돌아왔다』에서 이와 비슷한 말을 한 적이 있다. 작가의 말에서 김영하는 낚싯대를 던져놓고 '고기야 물려라, 물려라. 안 물리면 할 수 없고' 하는 마음으로 소설을 썼노라고 고백했다. 애써 낙관적으로 생각하고 한 단어 한 단어 집중하며 앞으로 나갔다고 적은 작가는 어휘와 문장의 숲에서 벌이는 이 전투가 언제 끝날지 도저히 가늠할 수 없다는 글로 작가의 말을 끝냈다.

세계적인 인기를 얻고도 그 비결을 알지 못했던 가수 싸이처럼 김영하 작가도 어떤 작품이 독자들의 마음을 얻을 수 있을지 예견하지 못했다. 그런 불확실 속에서도 그 두 명은 계속 음반을 내고 소설집을 펴냈다. 마치 여러 개의 낚싯대를 드리우듯 끊임없이 노래하고 글을 쓴 것이다. 노래 한 곡을 불러서 유명한 가수가 될 수 없듯이 한 권의 책으로 유명해진 작가는 없다. 만약 '명란 파스타보다 가치 있는 책'을 내고 싶다면, 끊임없이 글을 쓰고 책을 낼 수밖에 없다는 이야기다.

나 역시 출간할 수 있을지 없을지 모르는 상황에서 서른 개의 글을 브런치에 계속 연재했다. 솔직히 처음부터 책을 염두에 두고 쓴 글은 아니었다. 브런치에 글을 연재하기 위해선 '출간을 목표로 50% 이상 완성된 원고와 1,000명 이상의 구독자'가 있어야 연재를 신청할 자격이 주어졌고, 심사를 거쳐 선정되어야만 가능한 일이었다. 하지만 그런 사실을 알지 못했던 나는 누구의 허락도 받지 않은 채 글을 연재하기 시작했다. 내가 정한 주제로, 내가 원하는 요일에. 때론 삶에는 무모한 도전도 필요한 법이니까.

브런치에 미국 생활에 관한 글을 연재하기로 한 나는 우선 노트에 괜찮은 글감들을 적기 시작했다. 미국에 살면서 인상 깊었던 일이나 재미있었던 사건들을 나열해 보니 약 스무 개가량의 글감이 나왔다. 연재하기에 양이 부족하다는 생각이 들었지만, 차차 고민하기로 하고 글을 쓰기 시작했다.

일주일에 한 편의 글을 완성하는 일은 생각보다 훨씬 어려웠다. 소재를 이미 정했다고 해도 흥미로운 전개를 위해선 다양한 글감이 필요했다. 소재와 딱 떨어지는 에피소드가 있다면 글쓰기가 훨씬 순조로웠겠지만, 대부분은 그렇지 못했다. 글감을 찾을 수 없을 때의 괴로움은 당해보지 않은 사람은 절대로 모른다. 아침에 눈을 뜨는 순간부터 잠자리에 들 때까지 고민하고 또 고민해도 글감이 떠오르지 않아 우울증에 걸리기도 했다. 그럴 때마다 나는 여기저기 도서관을 찾아다니며 관련된 신문 기사나 책을 읽었다. 그것으로도 모자라면 인터넷의 넓은 바다를 헤매거나 관련된 영화를 보기도 했다. 한 번은 미국에서 있었던 총기 사건에 대한 희미한 기억을 되돌리기 위해 일 년 치 신문과 잡지를 샅샅이 훑어보기도 했다.

반면 연재를 쓰는 동안 가장 많은 글감과 영감을 준 것은 다름 아닌 산책이었다. 비가 오나 눈이 오나 매일같이 집을 나섰다. 물론 산책은 자연의 변화를 감지하고 심신을 정화하기 위한 목적은 아니었다. 산책을 나서기 전, 나는 연재의 주제만을 머릿속에 담고 출발했다. 그리고 거리를 걸으며 주제와 관련된 기사나 에피소드 등을 이리저리 생각했다. 그렇게 서두를 완성하고 글의 방향과 마무리를 결정지은 다음에야 비로소 집으로 돌아왔다. 그렇게 하루도 거르지 않았던 산책 덕분에 두어 번을 빼고 매주 목요일마다 브런치에 글을 연재할 수 있었다. 비록 나의 연재를 아무도 신경 쓰지 않았지만, 나는 나와의 약속을 지키기 위해 최선을 다했다.

글을 발행하고 나서 조회 수를 확인하는 심정은 바다처럼 넓은 강에 낚싯대 하나를 더 드리우는 낚시꾼의 마음과 흡사했다. '아무거나 걸려라.

아니면 어쩔 수 없고.' 그런 식으로 글을 쓰다 보니 가끔은 걸리기도 했다. 100에서 200 사이를 맴돌던 조회 수가 갑작스레 10,000을 넘어 40,000을 향해 고공 행진을 계속하자 나의 마음은 기쁨을 넘어서 당혹스럽기까지 했다. 브런치 인기 글에 오른 내 글을 확인하는 기분은 낚싯줄에 매달린 대어를 바라보는 일과 비슷했다. 물론 기쁨을 온전히 만끽하기에 그 순간은 너무나 짧았고 조회 수는 곧바로 예전으로 돌아갔다. 하지만 그 찰나의 기쁨은 초라함과 갈등을 이겨내고 끊임없이 글을 쓸 수 있게 만든 최고의 원동력이었다. 그런 일이 자주 일어났다면 좋았겠지만, 프로 낚시꾼과 거리가 멀었던 나는 그저 묵묵히 글을 써나갈 뿐이었다.

사람의 마음이 오묘하듯, 글도 오묘하기 그지없다. 글쓰기가 어려운 이유도 바로 그런 점 때문인지도 모른다. 독자의 반응을 예측하기 힘들고, 좋은 글의 답안이 명확하지 않다는 사실. 결국 작가가 할 수 있는 일이란, 딱딱한 의자에 앉아 깜빡이는 모니터 앞을 지키는 것뿐이다.

숨통을 조여드는 커서의 차가움과 흰 벽이 품어내는 외로움은 단 한 줄의 글만으로도 사라져 버린다. 그렇게 한 줄을 써내고 한 편의 글을 완성하고 나면, 이제 당신에게 남은 일은 강태공처럼 앉아서 기다리는 일이다. 지금까지 한번도 걸리지 않았다고 걱정할 필요는 없다. 어차피 당신은 수십 개의 낚싯줄을 가지고 있지 않던가. 나 역시 다시 찾아올 그 기적을 위해 언제까지나 강태공을 자처할 계획이다.

출간을 위한 다양한 플랫폼

예비 작가들에게 글쓰기 플랫폼은 매우 유용한 도구이다. 플랫폼에서 인기 있고 공유가 많이 되는 콘텐츠는 출간에서도 그만큼 성공할 확률이 높다. 예비 작가들이 좀 더 쉽게 글을 쓰고 출간에 이를 수 있는 플랫폼들을 살펴보자.

1. 콘텐츠 퍼블리싱 플랫폼

온라인상에 콘텐츠를 생성하고 공유하는 플랫폼을 뜻한다. 블로그나 인스타그램, 유튜브, 팟캐스트 등이 대표적이다.

1) 블로그

한국 사람들에게 가장 익숙한 플랫폼이 아닌가 싶다. 네이버의 블로그는 콘텐츠 플랫폼과 글쓰기 플랫폼의 두 가지 성격을 모두 가지고 있다. 또한, 깊이 있는 정보를 생성하는 데 특화되어 있어 지속해서 관리하면 고정 팬을 늘려갈 수 있다. 블로그의 콘텐츠를 출간하는 경우엔 이웃들의 '애정구매'나 '의리구매'까지도 기대할 수 있다.

2) 인스타그램

이미지 콘텐츠를 기반으로 하는 플랫폼으로 너무 긴 글은 어울리지 않는다. 대체로 웹툰, 그림, 사진 등을 활용한 책들이 인스타에서 출발한다. 그 밖에도 패션이나 요리, 인테리어, 여행 등 이미지가 큰 몫을 차지하는 글들에 적합하며, 짧지만 마음을 울리는 글귀나 감성적인 글들이 책으로 이어지는 경우가 많다. 『월화수목 육아일』, 『토닥토닥 맘조리』, 『폼플러 홈 필라테스』, 『무너지지만 말아』, 『모든 순간이 너였다』 등 그림을 토대로 만들어진 에세이들을 살펴보면 인스타그램에서 출발한 경우가 많다.

3) 유튜브

영상 콘텐츠에 특화된 플랫폼으로 작가의 경험이나 노하우를 강연 형태로 노출할 수 있다. 예전에는 콘텐츠가 책을 중심으로 다른 매체로 옮겨졌지만, 요즘에는 책이 콘텐츠를 노출하는 창구의 하나로만 인식된다. 그래서인지 유튜브 크리에이터들의 출간이 계속 이어지고 있다. 물론 수익은 책보다 유튜브 쪽이 훨씬 높겠지만, 책이야말로 가장 정제되고 퀄리티가 높다는 점에서 유튜버들의 출간은 줄어들지 않을 전망이다.

4) 팟캐스트

저자들을 살펴보면 유튜브보다 팟캐스트 쪽이 훨씬 많다. 팟캐스트의 콘텐츠를 묶어 출간하는 경우도 있지만, 출간하고 나서 팟캐스트를 만들어 활동하는 경우도 많다. 팟캐스트는 30, 40대의 이용자 수가 많아

사회나 정치, 어학 분야에 활용할 수 있다. 『지적 대화를 위한 넓고 얕은 지식』, 『영어 세끼』, 『송은이 & 김숙의 비밀보장』 등이 팟캐스트를 이용해 출간되었다.

2. 전문적인 글쓰기 플랫폼

일반적인 소셜 퍼블리싱 플랫폼과 거의 유사하지만, 더욱 전문적인 콘텐츠를 지향한다는 점에서 차이가 있다. 전문적인 글쓰기 플랫폼은 승인을 받아야 하거나, 콘텐츠에 따라 유료로 서비스하기도 한다.

1) 브런치

앞에서도 설명했지만, 브런치는 '글이 작품이 되는 공간'이라는 기치를 내걸고 2015년 다음카카오에서 서비스를 시작한 글쓰기 플랫폼이다. 브런치에는 유독 30대가 많은 편인데 자신의 전문 분야의 글이나 말랑말랑한 에세이들이 특히 인기가 많다. 피드백이 많진 않지만, 자신만의 글쓰기를 이룰 수 있고 글쓰기 근육을 단련시킬 수 있다는 점에서 브런치는 작가들에게 분명 매력적인 플랫폼이 아닐 수 없다.

2) 씀

일상 소재를 바탕으로 글을 쓰도록 돕는 애플리케이션 형태의 플랫폼으로 좋은 글감을 찾는 사람들에게 무척 유용하다. '씀'은 하루 2번, 오전 7시와 오후 7시에 간단한 단어나 구 형태로 새로운 글감을 전달

한다. 글감과 더불어 시나 책의 구절도 보여주는데, 이는 단어에 대한 깊은 생각이나 마음속 이야기를 드러낼 수 있게 만든다.

'씀'의 이용자들은 무슨 글이든 쓸 수 있고, 쓴 글은 한 편의 시처럼 이미지화되어 간직하거나 공유할 수 있다. 같은 주제에 대한 다른 사람들의 생각과 글을 볼 수 있다는 점도 '씀'이 지닌 장점이다.

3) 끄적글적

아이폰의 대표적인 글그램이다. 앱을 열자마자 들려오는 잔잔한 재즈음악와 더불어 100개 넘는 한글 서체와 사진을 예쁘게 꾸밀 수 있는 디자인 기능을 제공해 감성 충만한 글을 쌓아나갈 수 있다. 작업한 내용은 '집필'이라는 곳에 날짜와 함께 기록되며, 인스타에 업로드 하거나 내 사진첩에 다운로드할 수 있다. 짧은 일상이나 글귀를 기록할 때 매우 유용하다.

위의 플랫폼들을 이용하면 꾸준한 글쓰기 습관은 물론 독자를 형성해 출간 후 홍보 수단으로도 활용할 수 있다. 자신에게 맞는 플랫폼을 선택해 글을 써나간다면, 당신의 일상만으로도 어렵지 않게 출간에 이를 수 있다.

쏟아지는 하트를 불빛 삼아

어느 날 브런치에 들렀다가 메시지 하나를 발견했다. 연재하고 있던 매거진에 서른 개의 글이 모였으니 출판이 가능하다는 글이었다. 당시 브런치에는 '부크크'라는 자가출판 플랫폼이 설치되어 있어, 출판사를 통한 출간이 아니더라도 자신만의 책을 어렵지 않게 만들어 낼 수 있었다.

'출간'이라는 단어는 내게 적잖은 파장을 불러일으켰다. 사실 출간의 유혹은 연재하던 글이 스무 꼭지를 넘기면서 시작되었다. 글쓰기에 슬슬 탄력이 붙을 즈음 갑자기 낯선 생각 하나가 고개를 내밀었다. '이왕지사 여기까지 왔는데, 나도 출간을 한 번 해볼까?' 그런 생각에 이를 수 있었던 이유는 '다음(Daum)'에 소개되면서 생긴 구독자와 밤하늘을 메우고도 남을 만큼의 하트 때문이었다. 주변 사람들이 책을 내보라고 권했을 때 나는 출간에는 관심도 없다고 선을 그었다. 하지만 글을 쓰면서 점차 출간의 매력에 눈을 뜨게 된 나는 아무도 모르게 출간에 관한 정보들을 모으던 중이었다. 게다가 여기저기서 들려오는 블로그와 브런치 이웃들의 출간 소식도 출간에 대한 나의 열망을 더욱 부채질했다.

그때부터 나의 가슴앓이가 시작됐다. '내 글이 과연 책이 될 수 있을까?', '책을 낸다면 누가 읽어줄까?', '누구처럼 안 팔린 책을 평생 창고에 쌓아둬야만 하는 건 아닐까?' 머릿속에서 별의별 생각들이 밀물과 썰물처럼 오갔다. 아무라도 내 글을 보여주며 출간할 수 있겠냐고 묻고 싶었다. 하지만 내 주변에서 그럴만한 사람을 찾기는 힘들었다. 비록 적당한 사람을 찾아 물어본다 해도 내가 들을 대답은 뻔했다. '글쎄다' 혹은 '한 번 부딪혀봐라' 같은 성의 없는 답변들. 결국 나는 세상에 하나밖에 없는 내 편이자 독자인 남편에게 물어보기로 했다.

"남편, 내가 브런치에 쓰고 있는 글 있잖아."
"아, 그 미국 생활 얘기들?"
"응, 그거 모아서 책으로 내면 어떨까? 괜찮을까?"
"에이, 말도 안 돼. 누가 그런 얘기를 돈 주고 읽겠어. 요즘 책도 잘 안 팔린다면서. 도서관에 가봐, 미국에 관한 책들이 넘쳐난다니깐. 책 내는 거 그거 아무나 하는 거 아니야."

어느 정도 예상은 했지만, 남편의 반응은 출간에 대한 나의 희망을 일순간에 무너뜨렸다. 물론 남편의 말도 일리가 없는 건 아니었다. 너도나도 글을 쓰며 출간에 매달리고 있지만, 정작 책을 읽어줄 독자는 온통 유튜브에 빠져 있지 않던가. 더군다나 나에겐 출간을 고집할 명분도 별로 없었다.

『마르케스의 서재에서』의 저자 탕 누어는 출간이 지금까지 읽은 책들을 되돌려 주는 일이라고 말했다. 하지만 당시 나의 독서 수준은 걸음마에 불과했다. 또 누군가는 삶의 변화를 위해 자신이 지향하는 가치를 위해 책을 쓴다고 말했다. 그러나 독자가 아닌, 작가 자신을 위해 책을 낸다는 건 너무 이기적이라는 생각이 들었다. 물론 세상에 나쁜 책은 없으며 모든 책은 크고 적든 간에 삶의 확장을 일으키기 마련이다. 그렇다면 출간에 대한 욕망은 나 자신을 위함일까, 독자를 위함일까. 혹시 책을 내고 싶은 이유가 10년간의 미국 생활에 의미를 부여하고픈 욕심 때문은 아닐까. 속절없이 흘려보낸 미국 생활에 방점을 찍어보겠다는 열망 때문은 아닐까.

당시 블로그나 브런치를 보면 바로 출간해도 무방한 글들이 차고도 넘치는 상황이었다. 반면 다양한 이유로 출간을 꺼리는 사람들도 많았다. 나의 블로그 이웃이었던 어느 박사님은 책에서도 보기 힘든 문학과 예술에 관한 고퀄리티의 글을 매주 금요일마다 올리고 있었다. 박사님의 글을 읽는 이웃들은 하나같이 출간을 권했지만, 쓰레기처럼 넘쳐나는 책들에 하나를 더하고 싶지 않다며 한사코 출간을 거부했다. 또한, 세계 음식의 기원과 역사와 함께 자신이 직접 요리한 음식 사진들을 브런치에 연재하던 다른 교수님은 그저 교재 강의를 만들 뿐 출간엔 관심도 없노라고 선을 그었다.

가슴이 철렁했다. 저런 분들도 출간을 마다하는데 내가 출간하는 게 과연 옳은 일일까. 괜히 애꿎은 나무만 희생시키는 건 아닐까. 시간이 흐를수록 출간에 대한 나의 열정은 점점 옅어졌고 불안함은 커져만 갔다. 그런데 예상치도 못한 곳에서 고민에 대한 답을 찾게 되었다. 나의 블로그 이웃이자 두 번째 출간을 앞둔 작가님 한 분이 나에게 조언을 해주신 것이다. 작가님의 짧은 메시지에 따르면 내 글이 처음부터 출간을 앞두고 쓴 글들이라 생각했고 자신도 재미있게 읽고 있다며 출간을 권했다. 또한, 출간을 어렵게만 생각하지 말고, 기획서와 세 꼭지 정도의 글을 첨부해 출판사에 보내보라는 조언까지 덧붙였다.

수많은 하트와 댓글이 눈에 띈 것도 그때였다. 브런치와 블로그에 달린 '재미있게 읽었습니다' 혹은 '도움이 되는 글 감사합니다'라는 짧은 댓글들과 빨간 하트들이 내 앞을 비춰주는 것만 같았다. 결국 나는 그 둘을 불빛 삼아 '출간'이라는 먼 길을 걸어가 보기로 했다. 베스트셀러는 아니더라도 내가 쓴 글이 누군가에게 기쁨과 위안을 줄 수도 있다는 생각이 들었다. '세상에 책이 아무리 많아도 틈새와 구멍이 있기 마련이고, 그 어딘가엔 비집고 들어갈 독자층이 반드시 존재한다'라고 탕 누어의 말처럼 세상에는 내가 비집고 들어갈 수 있는 구멍 역시 있을 거라 믿었다.

출간을 앞두고 고민하지 않는 작가가 있을까. 이 순간에도 자신의 글을 바라보며 깊은 시름에 빠진 예비 작가들이 한둘이 아닐 것이다. 세상 그 누구도 나의 출간을 결정해 줄 수는 없다. 그저 조언과 용기를 주는 누군가가 있을 뿐이다.

그래도 누군가에게 출간을 묻고 싶다면 되도록 남편은 피하라고 당부하고 싶다. 사실 당신의 질문에 답해줄 사람은 이미 정해져 있지 않던가.

'약은 약사에게, 출간은 출판사에게'. 그때까지 수많은 댓글과 하트가 당신을 출간으로 인도해 줄 것이다.

출간의 환상과 현실

1. 출판 시장 동향

한국출판문화산업진흥회(KPIPA)는 '출판산업 동향'을 조사해 일 년에 두 번씩 발표한다. 이 연구 보고서에 따르면 2022년 신간 도서 발행량은 80,602종(전년 대비 3.7%, 2,878종 증가)으로 월평균 6,716종이 발행된 것으로 나타났고, 그중에서도 교육 분야 도서가 제일 높은 비율(25.2%)을 차지했다. 또한, 전년 대비 증가 폭을 살펴보면 유아동 분야 도서(24.6% 증가)가 가장 컸고, 문학(0.9% 증가)과 예술/대중문화(16.3% 증가)는 감소했다.

발행 실적이 있는 출판사는 9,281개 사(전년 대비 3.4% 증가)이며 1종을 출간한 출판사의 비중은 3,866개로 41.7%이고, 5종 이하를 출간한 출판사의 비율은 6,891개로 전체 74.2%로 전체의 약 3/4를 차지한다.

다음의 도표를 살펴보면 출판 시장의 매출액은 코로나 이후로 꾸준한 상승세를 보인다. 2022년 하반기 수출액은 약 131억 원으로 전년 대비 21.2%로 비교적 큰 폭으로 증가했다. 종사자 수는 2021년 하반기 이후 큰 폭으로 하락한 뒤 2022년 하반기에 소폭 상승한 것으로 나타난다. 이처럼 출판계는 코로나로 인해 전에 없는 호황을 경험하고 있다. 하지만 이전의 불황을 고려하면 출판계의 전망이 긍정적일 수만은 없다.

<출판산업(상장사) 주요 경영실적 변동추이>

구분	2020년	2021년		2022년	
	하반기	상반기	하반기	상반기	하반기
매출액	11,044.6 억 원	11,274.1 억 원	11,450.3 억 원	11,484.4 억 원	11,850.6 억 원
1인당 평균매출액	1.7억 원	1.48억 원	1.51억 원	1.74억 원	1.75억 원
영업이익액	329.9억 원	431.5억 원	166.5억 원	74.8억 원	149.5억 원
영업이익률	3.0%	3.8%	1.5%	0.7%	1.3%
종사자 수	7,624명	7,623명	7,589명	6,601명	6,791명

2. 출간의 환상과 현실

2015년까지 한국에서 가장 많이 팔린 책은 이문열의 『삼국지』이다. 1977년에 등단한 이문열 작품의 총판매량은 2,800만 부로 추산되며, 2위는 조정래 작가(1,700만 부), 3위는 김진명 작가(600만 부)로 알려져 있다.

여기서 잠시 이문열 작가의 추정 인세를 계산해 보자.

정가 × 판매 부수 × 인세율 = 12,000원 × 28,000,000부 × 10%

= 33,600,000,000원 (336억 원)

와, 환상적이지 않은가? 이 정도면 전업 작가로 뛰어들 만하다고 생각할 수도 있겠다. 하지만 현실은 그렇게 달콤하지 않다. 해마다 쏟아지는 신간(단행본)만도 약 8만 권 이상이다. 그중 10만 권 판매되는 도서는 극히 일부에 지나지 않는다. 심지어 1쇄인 1,000부나 2,000부도 팔지 못하고 절판되는 책이 수두룩하다. 대형서점에 신간이 머무는 시간은 고작 2일에서 일주일도 되지 않으며, 판매가 저조한 책들은 신간 매대에서 서가로 바로 자리를 옮기게 된다.

출판사는 출간한 책들을 물류창고에 보관하는데, 긴 시간 팔리지 않는 책들을 악성 재고로 분류해 파본으로 처리해 버린다. 창고에 보관 중인 책은 0원의 매출이 아니라 마이너스 상태이기 때문이다. 이와 같은 현실은 출간에서 왜 전략과 전술이 필요한지 깨닫게 해준다.

3. 출간 계획하기

그런데도 출간을 열렬히 원한다면 내가 만들고 싶은 책을 차근차근 기획해 보자.

1) 출간의 목적 정하기

- 나만이 이야기할 수 있는 콘텐츠는 무엇인가?
- 왜 나는 이 책을 쓰고 싶은가?
- 내 책이 세상에 필요한 이유는 무엇인가?
- 이 책과 비슷한 콘셉트를 가진 다른 책이 있는가?
- 경쟁 도서와 내 책의 다른 점은 무엇인가?

2) 주제와 소재 정하기

출간의 목적과 콘셉트를 정했다면, 다음은 책의 내용에 속하는 주제와 소재를 결정해야 한다. 단순히 나의 이야기를 책으로 만들겠다고 해도 나의 어떤 이야기를 담을지, 그 이야기의 어떤 부분을 담을지 계획하는 것이다.

하나의 책에 너무 많은 주제와 소재를 가져다 넣는 것은 좋지 않다. 나의 경험이나 전공 등을 살리는 동시에 나만 할 수 있는 이야기를 찾는 것이 가장 중요하다. 소소한 일상이라도 나만의 생각과 느낌을 담을 수 있다면 훌륭한 책이 될 수 있다.

3) 출판기획서 작성하기

① 어떤 장르인가? (에세이/시/소설/여행책/사진첩/그림책 등)
② 주제는 무엇인가? (일상/여행/육아/취미/실용)
③ 책의 특징과 장점은 무엇인가?
④ 책의 독자는 누구인가? (성별/연령대/직업) 등을 생각하며 출간기획서를 작성한다.

4) 목차 구성하기

목차는 글의 전체 구성을 하나로 정리한 것으로 책의 뼈대에 해당한다. 뼈대가 튼튼해야 살을 붙이기가 쉬운 법이다. 목차를 정하는 방법은 글의 종류에 따라 달라진다. 하지만 목차를 정하는 기본적인 방법은 주제를 세분화하고 각 주제에 맞는 소재를 배치하면 된다. 모든 책은 도입부와 결말이 있으며 거기에 맞춰 처음, 중간, 끝을 나누어 내용을 적절히 배치한다. 처음엔 책의 목적이나 책을 이해하기 위한 바탕지식 등을 넣고 중간에는 말하고자 하는 내용을 풀어나가고 끝에서는 글을 마무리한다.

독자들의 시선을 끄는 것은 표지와 제목이지만, 독자들의 선택은 목차에 달려있다 해도 과언이 아니다. 따라서 목차만 봐도 내용을 짐작할 수 있는 소제목을 붙이거나 호기심을 자극하는 소제목을 사용하는 것이 좋다. 즉 실용서에서는 목차만 읽어도 이해할 수 있는 챕터명을, 에세이나 시집에서는 호기심 넘치는 챕터명을 선택하도록 하자.

5) 초고 완성하기

무턱대고 글쓰기에 들어가는 것은 좋지 않다. 목차와 단락에 필요한 단어나 문장, 문단 등을 구성해 필요한 내용을 채워나가는 게 훨씬 쉽다. 또한 독자를 고려해 알맞은 예시나 화법 등을 선택해야 하며, 되도록 글을 쉽고 명확하게 쓰기 위해 노력하자.

초고란 수정하기 전 처음 쓴 원고를 뜻한다. 초고는 최대한 빨리 완성하는 것이 좋은데, 여러 번의 수정과 교정을 통해 원고를 완벽하게 완성하는 편이 훨씬 낫다. 초고를 완성하기 위해서는 하루에 한 시간이든, 두 시간이든 정해진 시간에 필요한 분량을 써나가는 습관이 필요하다. 우선 자신이 언제 집중이 잘 되는지, 어디서 글 쓰는 게 편한지 찾아보자. 매일 같은 시간, 같은 장소에서 같은 분량의 글을 써 내려가다 보면 어렵지 않게 초고를 완성할 수 있다.

예를 들어 매일 새벽 5시에 일어나 글을 쓴다든지, 조용한 카페나 도서관을 찾아 글을 쓴다든지 마음에 맞는 장소나 시간을 정해 글을 써보자. 예전의 나는 집안일을 대충 끝낸 오전 10시부터 도서관에서 글을 쓰곤 했는데, 요즘 들어서는 새벽에 글을 쓰는 일이 많아졌다. 이렇듯 작가는 자신의 주변 상황과 여건을 고려해 최적의 장소와 시간을 알아낸 뒤 글 쓰는 습관을 들이는 게 좋다.

6) 원고 완성하기
필요하다면 프롤로그와 에필로그를 작성하고 맞춤법 검사와 교정·교열을 마친 후 원고를 완성한다.

책 쓰기의 왕도

언제부턴가 나의 블로그에는 '글쓰기 수업'이나 '책 쓰기 강좌' 등의 광고들이 하나둘씩 붙기 시작했다. 호기심에 눌러본 '○○아카데미'나 '○○스쿨'에는 종합대학을 방불케 하는 기수별 강좌와 특강이 빼곡히 소개되어 있었다. 하기야 줄넘기만 배우려 해도 학원을 찾는 마당에 글쓰기나 책 쓰기 학원에 다닌다고 해서 문제가 될 이유는 없었다.

한때 글쓰기 강의나 책 쓰기 학원을 기웃거렸던 적이 있다. 출간을 결심했어도 그 과정은 까마득하기만 했다. 책 제목과 목차를 정하고, 적당한 출판사를 골라 기획서를 보내는 과정은 사실 기성 작가들에게조차 쉬운 일이 아니다. 출간에 관해 아무것도 몰랐던 나는 걸음마를 배우는 심정으로 처음부터 배워나갈 수밖에 없었다. 인터넷과 도서관을 부지런히 오가며 정보를 찾아 헤맸던 나는 차라리 글 쓸 때가 좋았다고 한숨을 내쉬었다.

그때 마침 블로그에서 '출간의 모든 것을 책임집니다!'라는 제목의 글을 읽게 되었다. 글을 올린 블로거는 몇 권의 책을 출간하고 여러 도시를 옮겨 다니며 책 쓰기 강좌를 운영하는 작가였다. 부산과 광주, 마산 같은 대도시를 중심으로 짧게는 하루, 길게는 3일까지 책 쓰기 강좌를 진행한다고 했다. 마침 작가가 강의하기로 예정된 지역은 내가 사는 곳에서 멀지 않은 도시였다. 강의를 살펴보니 나를 위해 만든 게 아닐까 싶을 정도로 필요한 내용으로 구성되어 있었다. 며칠을 고민한 끝에 나는 블로그에 안내된 번호로 전화를 걸어 보았다.

잠시 후 상담원에게 강의 내용과 비용을 전해 들은 나는 우울한 기분으로 전화를 끊었다. 상담 내용에 따르면 강의는 하루에 4시간씩 3일에 걸쳐 밀도 있게 진행되는데, 우선 출간의 기본적인 내용을 설명하고 난 뒤 강사가 일일이 첨삭지도를 한다는 것이다. 강의 안에는 책의 제목과 목차를 정하는 방법은 물론이고 글의 수정과 기획서를 제작하는 요령까지 포함되어 있노라고 설명했다. 정말이지 나처럼 출간을 꿈꾸는 예비 작가들에게 귀가 쫑긋할 수밖에 없는 강의 구성이었다.

문제는 강의료였다. 총 12시간의 강의 비용은 70만 원이었다. 물론 상담원은 강의를 수료한 뒤에도 30만 원을 추가로 내면 강의를 처음부터 다시 들을 수 있다고 말했다. 하지만 집에서 살림만 하던 나에게 70만 원이란 돈은 결코 적은 금액이 아니었다. 결국, 강좌를 포기한 나는 예전처럼 도서관과 인터넷을 오가며 대강의 목차와 출간 기획서를 완성했다.

그 뒤로도 글쓰기 학원과 책 쓰기 강좌는 끊임없이 나의 마음을 불편하게 했다. '책 쓰기가 이렇게 쉬울 줄이야!' '매일 하루에 한 권 책 쓰기' '출간으로 인생을 바꿔 보세요!' 등의 광고를 볼 때마다 이제 출간이 산업의 하나가 된 것 같아 씁쓸했다. 하지만 그때 강좌를 듣지 않은 건 정말 다행이란 생각이 든다. 만약 전문가의 도움으로 책을 쓰고 출간에 성공했다면, 나는 절대로 이 책을 쓰지 못했을 테니 말이다.

내가 중고등학교에 다닐 때만 해도 학원이 지금처럼 흔하지 않았다. 나와 친구들은 풀지 못하는 문제가 생기면 서로 머리를 맞대고 풀기 위해 갖은 애를 썼다. 답안지를 봐도 이해할 수 없으면 친구들은 대부분 포기해 버렸다. 하지만 끝까지 포기하지 않고 밤을 새워 문제를 풀어낸 친구는 다른 친구들에게 영웅 대접을 받으며 문제를 설명했다. 그때 그 친구가 학원이나 과외 선생님의 도움을 받았더라면 친구들 앞에 자신 있게 나설 수 있었을까.

출간은 지난한 과정이다. 글만 써서 출판사에 넘긴다고 끝날 수 있는 일이 절대로 아니다. 독자의 관심을 불러일으키는 목차를 구성하고, 대상에 따라 적절한 어법을 구사하고, 그에 따른 호흡의 길이를 조절할 수 있어야 한다. 또한 6만 개가 넘는 출판사 중에 자신의 책과 어울리는 곳을 선택하고 멋진 기획으로 에디터를 설득할 수 있어야 한다.

그런 어려운 과정들 건너뛰기 위해 예비 작가들이 학원과 강좌에 엄청난 비용을 들인다는 것도 모르진 않는다. 하지만 그런다고 출간의 두려움을 완전히 떨쳐낼 수 있을까. 또, 혼자 힘으로 출간을 해냈을 때처럼 완벽한 기쁨을 만끽할 수 있을까.

내 경험에 비추어 볼 때 출간의 여정이 어렵긴 해도 혼자 힘으로 불가능할 정도는 아니었다. 굳이 비싼 학원비나 강의료를 들이지 않아도 출간에 이를 수 있다는 뜻이다. 우선 '몰라서 못 한다'란 변명은 클릭 한 번이면 수많은 출판사의 이름과 출간 기획서 작성법을 확인할 수 있는 IT 강국에선 절대로 통하지 않는다. 더욱이 비싼 학원비를 들인다고 해서 반드시 출간에 성공하는 것도 아니다.

어제 인스타에서 발견한 또 다른 책 쓰기 학원은 8주간의 강의료가 800만 원에 이르는 곳이었다. 하지만 그처럼 엄청난 강의료에도 불구하고, 학원은 출간을 100% 책임질 수 없다고 했다. 다만 8주가 지나서도 출간에 이르지 못하면, 400만 원의 추가 비용을 내고 강의를 들을 수는 있다고 설명했다. 그 뒤에는 1,500만 원 이상의 강의료를 내고도 출간에 실패하면, 자비 출판사를 연결해 주겠다는 다소 어이없는 글도 덧붙여 있었다.

한편, 예비 작가들이 가장 어려워하는 출간 기획서 작성은 형식보다는 내용이 훨씬 더 중요하다. 작가들뿐만이 아니라, 출판사 에디터들 역시 좋은 책을 만들고 싶어 한다. 당연히 그들이 원하는 것은 화려한 출간 기획서가 아닌, 내실 있고 알찬 원고이다. 따라서 같은 강좌, 같은 학원에서 만들어진 천편일률적인 출간 기획서들은 오히려 에디터에게 외면받을 가능성이 크다.

자신의 콘텐츠와 글에 확신이 있다면 출간을 향해 혼자 걸어가는 것도 나쁘지 않다. 돌에 치이고 넘어질 수도 있겠지만, 그만큼 많은 풍경과 추억을 내 안에 쌓을 수 있다. 더욱이 독자의 사랑과 글의 힘을 믿어야만 가능한 출간인 만큼 경제성이나 효율성이란 단어는 잠시 접어 두면 어떨지. 출간만큼은 자신의 보폭만큼 천천히, 그리고 꾸준히 해나가자. 그것이야말로 세상 모든 일의 왕도가 아닐까 생각한다.

수정과 교정, 맞춤법 검사

초고가 완성되면 1차로 전체적인 내용과 형식을 검토해야 한다. 2차로 원고를 여러 번 읽으며 잘못된 부분을 수정하고 문장을 다듬는다. 마지막으로 맞춤법 검사를 통해 원고를 완성한다.

1. 1차 검토

1차 검토에서는
- 목차 구성이 적당한지
- 내용이나 형식이 올바른지
- 문제를 일으키거나 저작권을 위반하는 내용은 없는지
- 문장의 끝맺음이 통일되어 있는지
- 문법에 맞지 않거나 번역 투의 문장은 없는지
꼼꼼히 살펴본다.

2. 문장 다듬기

구성과 내용 검토가 끝나면 다음 사항들에 유의해 문장을 다듬는다.

1) ~들 : 의존명사
 – 앞에 '모든', '전부' 등의 복수를 나타내는 수식어가 있으면 굳이 복수 접미사를 붙일 필요가 없다.
 – '무리', '떼'와 같은 복수를 나타내는 명사도 '~들'을 붙이지 않아도 된다.
  예) 밤나무들에 밤들이 주렁주렁 → 밤나무에 밤이 주렁주렁
  예) 모든 학생들이 자신들의 부모들을 향해 → 모든 학생이 자기 부모를 향해

2) ~것 : 의존명사로 꼭 필요한 경우가 아니면 빼는 게 깔끔하다.
  예) 살아 있다는 것에 대한 증거 → 살아 있다는 증거
  예) 상상하는 것은 즐거운 것이다. → 상상은 즐거운 일이다.

3) ~적 : 접미사로 안 쓰는 게 좋다.
  예) 예술적 세계는 → 예술 세계는
  예) 사회적 세력 → 사회 세력

4) ~의 : 조사로 위와 마찬가지다.
  예) 배우의 관점에서 → 배우 관점에서
  예) 한국의 문화는 → 한국 문화는

5) ~있는 : 동사, 형용사, 보조 동사로 쓰인다.

- 행위가 진행될 수 없는 동사에 '~있다'를 붙일 수 없다.

  예) 출발하고 있다.(×), 도착하고 있다.(×)

- 보조 동사로 쓰였을 때 어색한 경우

  예) 말라 있는 상태였다. → 마른 상태였다.

  예) 눈으로 덮여 있는 마을 → 눈으로 덮인 마을

6) ~있었다 : 의미 없는 동사로 꼭 필요한 경우만 사용한다.

 예) 이어지고 있었다. → 이어졌다.

 예) 깨끗한 상태에 있었다. → 깨끗한 상태였다.

7) ~함에 있는 / ~에 있는 / ~관계에 있는 / ~에 있어

 예) 가까운 관계에 있었다. → 가까운 관계였다.

 예) 그와 친밀한 관계에 있는 영화 관계자의 말에 따르면 → 그와 가까운 영화 관계자 말에 따르면

8) ~에게 있어 / ~하는 데 있어

 예) 그에게 있어 가족은 목숨보다 소중한 것이었다. → 그에게 가족은 목숨보다 소중했다.

 예) 그 문제를 다루는 데 있어 가장 중요한 것은 → 그 문제를 다룰 때 가장 중요한 것은

9) ~함에 있어 : 억지로 명사형을 만들어 쓰는 것이 우리말에는 어울리지 않는다.

　예) 글을 씀에 있어서 중요한 것은 → 글을 쓸 때 중요한 것은

10) ~ 있음에 틀림없다 : '~틀림없다'라는 표현을 쓰기 위해 억지로 명사형을 쓰면 문장 전체가 어색해진다.

　예) 그 남자와 관계가 있음에 틀림없다. → 그 남자와 관계가 있는 게 분명하다.

11) ~에 대해 / ~에 대한 : '대하다'의 관형형으로 가능한 한 빼는 게 좋다.

　예) 그 문제에 대해 서로 책임이 있다. → 그 문제에 서로 책임이 있다.

　예) 문학작품에 대해 관심을 갖기 시작했다. → 문학작품에 관심을 갖기 시작했다.

12) ~들 중 한 사람 / ~들 중 하나, 가운데 / ~들 중 어떤 : 번역 투로 어색한 느낌을 준다.

　예) 그건 내가 가장 싫어하는 책들 중 하나이다. → 그건 내가 가장 싫어하는 책이다.

　예) 농장들 중 몇 곳을 둘러보았다. → 농장 몇 곳을 둘러보았다.

13) ~와 같은 경우 : 추측에는 어울리지만, 행동을 나타내는 동사엔 적합하지 않다.

　예) 꿈만 같다.(○), 시험이 어려운 것 같다.(×)

14) ~에 의한 / ~으로 인한 : 한자어를 품고 있어, 편한 한국어로 바꾸는 게 좋다.

예) 이해 부족으로 인해 생긴 사고 → 이해 부족 때문에 생긴 사고

예) 실수에 의한 피해를 복구하다. → 실수로 빚어진 피해를 복구하다.

15) ~에 / ~로를 구분해서 쓴다.

예) 학교로 가기 위해 → 학교에 가기 위해

예) 창문 뒤로 어떤 남자가 → 창문 뒤에 어떤 남자가

16) ~에 : 처소나 방향 등을 제시 / ~을 : 목적이나 장소를 표시

예) 명문대를 가는 게 꿈인 학생들 → 명문대에 가는 게 꿈인 학생

예) 학원을 다닌다고 성적이 좋아지냐? → 학원에 다닌다고 성적이 좋아지냐?

17) ~로의 / ~에게로 : 조사가 겹친 표현은 쓰지 않는 게 좋다.

예) 정의로운 사회로의 변화가 시작되었다. → 정의로운 사회로 변화가 시작되었다.

예) 어머니의 품을 떠나 아버지에게로 갔다. → 어머니 품을 떠나 아버지에게 갔다.

18) ~에 : 무생물에 붙인다 / ~에게 : 생물에 붙인다.

예) 출판사에게 메일을 보냈다. → 출판사에 메일을 보냈다.

예) 그 학교에게 설명했다. → 그 학교에 설명했다.

19) ~로부터 : ~로(방향) + ~부터(출발)이 합쳐진 조사로 문법상 맞지 않다.

예) 친구로부터 선물을 받았다. → 친구에게 선물을 받았다.

예) 사회로부터 단절되어 있는 사람들 → 사회와 단절된 사람들

20) '설레다'처럼 시키는 말과 당하는 말을 갖지 않는 동사도 있다.

예) 나중에 크게 데일 날이 있을 거야. → 나중에 크게 델 날이 있을 거야.

예) 고기 냄새가 온통 다 배였다. → 고기 냄새가 온통 다 뱄다.

21) ~이, 히, 리, 기를 붙이면 수동형이 중복된다.

예) 둘로 나뉘어진 국회 → 둘로 나뉜 국회

예) 잠겨진 문을 여느라 힘들었다. → 잠긴 문을 여느라 힘들었다.

22) ~시키다 : 의도한 것과 전혀 다른 뜻으로 쓰일 때가 있다.

예) 학생들을 제대로 교육시키지 못해서 → 학생들을 제대로 교육하지 못해서

예) 문제를 야기시킨 직원 → 문제를 야기한 직원

예) 생산과 유통을 연결시켜 → 생산과 유통을 연결해

23) ~시켜주다 : '시키다'가 본동사로 쓰일 때만 적합하다.

예) 피자 시켜 줄게.(○) / 그래서 반장 시켜 준대?(○)

예) 주목시켜 주다. → 주목시키다.

예) 만족 시켜 주다. → 만족시키다.

24) ~을 하다 / ~하다

예) 멋진 조각으로 장식을 했다. → 멋진 조각으로 장식했다.

예) 서울에 정착을 했다. → 서울에 정착했다.

25) ~가(이) 되다 : '~되다'라는 형태의 접미사가 붙은 것으로 불필요한 표현이다.

예) 논의가 된 법안부터 → 논의된 법안부터

예) 준비가 된 학생부터 시작해 → 준비된 학생부터 시작해

26) ~수 있는 / ~수 없는 : 불필요한 습관적 표현

예) 당첨될 수 있는 가능성 → 당첨될 가능성

예) 자칫 붕괴할 수 있는 다리 → 자칫 붕괴하기 쉬운 다리

27) 그, 이, 저 같은 지시 대명사는 꼭 써야 할 때가 아니면 쓰지 않는다.

'여기, 저기, 거기'보다 '이곳, 저곳, 그곳'이 훨씬 객관적으로 보인다.

예) 그 누구도 부르지 마라. → 아무도 부르지 마라.

예) 그 무엇도 받지 않았다. → 아무것도 받지 않았다.

28) ~었던 : 한 문장에 과거형을 여러 번 쓰면 가독성이 떨어지고 문장이 난삽해진다.

예) 공부했던 내용을 다시 확인해라. → 공부한 내용을 다시 확인해라.

예) 며칠 동안 그려 왔던 작품 → 며칠 동안 그려 온 작품

29) ~는가 : 현재 사실에 관해 물음을 나타내는 종결어미로 ~으시, ~엇, ~겠, 등에는 사용될 수 없다. 뒤에 오는 사실이나 판단과 관련시키는 데 쓰는 연결 어미는 '~는지' 이다.

예) 공사가 어떻게 진행되는가를 눈여겨보았다. → 공사가 어떻게 진행되는지 눈여겨보았다.

예) 주인이 누구인가를 보여 주기 위해 → 주인이 누구인지를 보여 주기 위해

30) ~시작하다 : 상태를 나타내는 동사는 붙이지 않는다.

예) 색이 변하기 시작했다.(○) / 마음이 변하기 시작했다.(×)

예) 빗방울이 떨어지기 시작했다.(○)

예) 갑자기 슬퍼지기 시작했다. → 갑자기 슬퍼졌다.

예) 술이 동나기 시작했다. → 술이 동났다.

대강의 문장 다듬기가 끝나면, 마지막으로 원고를 출력해 검토하는 것이 좋다. 출력한 원고를 소리 내어 읽으며 어색하거나 자연스럽지 못한 문장들을 수정한다. 이때 너무 긴 문장은 여러 개의 짧은 문장들로 나누고, 모호하거나 어려운 문장은 쉽고 간결하게 바꾼다.

문장 다듬기는 『내 문장이 그렇게 이상한가요?』(김정선, 유유) 내용을 참조하였습니다.

3. 맞춤법 검사

맞춤법 교정은 한컴의 '맞춤법 검사'를 활용하는 것도 좋지만, 좀 더 정확한 검사를 위해서는 국립국어원에서 제공하는 '한국어 맞춤법/문법 검사기(https://speller.cs.pusan.ac.kr)'를 이용하길 권한다.

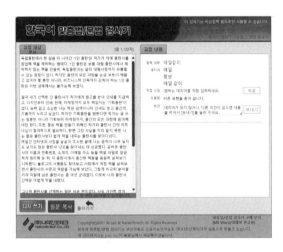

선택하기와 선택받기

　어설프게나마 출간 기획서까지 완성한 나는 투고할 출판사들을 알아보기 시작했다. 그 무렵 '선별된 출판사 300개의 이름과 이메일 주소를 300만 원에 제공합니다'라고 쓴 광고를 보긴 했지만, 무시하기로 했다. 그저 하던 대로 인터넷과 서점을 뒤지면 출판사들이 줄줄이 나올 텐데, 굳이 돈을 들일 필요가 없다고 생각했다. 하지만 네이버 검색창에 '도서출판'이라는 단어를 써넣기가 무섭게 쏟아졌던 26,385,058건의 웹 페이지들은 기세등등했던 나의 자신감을 단박에 꺾어버렸다.

　그 많고 많은 출판사 중에서 나의 원고와 꼭 맞는 출판사를 찾는다는 건 모래밭에서 진주를 찾는 일과 마찬가지였다. 간혹 인터넷을 뒤지다 보면 유명 출판사들을 모아놓은 목록이 눈에 띄긴 했다. 그러나 들뜬 마음으로 목록을 클릭해 보면 문제집이나 교재를 만드는 출판사나 대학 출판사들이 대부분이었다. 결국 나는 작은 바가지로 바닷물을 퍼내는 심정으로 출판사들을 일일이 검색하기 시작했다. 하지만

1. 기획출판을 전문으로 하고
2. 에세이를 출간하며
3. 신인 작가에게도 출간의 기회를 주는 곳으로
4. 넓은 유통망과 마케팅 능력을 갖춘 출판사가 절대 많지 않다는 사실을 깨달았다.

그렇게 출판사들을 헤집고 돌아다니다 보니 나는 뜻하지 않게 몇 갈래의 출판 경로를 알게 되었다.

우선 '자비출판'은 오래전부터 잘 알고 있던 출판 형태였다. 등단작가가 된 뒤로 우리 집 우편함에는 낯선 작가들의 수필집이 수시로 꽂혀있곤 했는데 대부분 에세이문학 회원들이 자비출판으로 출간한 수필집들이었다.

'자비출판'은 말 그대로 자비로운(?) 출판 형태다. 자비출판으로 책을 내는 작가는 출판사의 표지 디자인이나 교정, 인쇄 등의 비용 일체를 자비(自費)로 해결하고 나아가 친지나 친구들에게 책을 보내기 위한 배송비까지 모두 책임져야만 한다. 하지만 출간에 있어서 자비롭기를 거부한 나는 출판사 목록에서 자비 출판사들의 이름을 제일 먼저 빼버렸다.

그다음으로 알게 된 건 '독립출판'이었다. 자비출판이 출판사에 비용을 내고 출간을 맡기는 것과 달리 독립출판은 출간의 모든 절차를 작가 스스로 해결하는 형태다. 누구의 허락도 받을 필요 없이, 내가 쓴 글을 직접 편집하고 디자인하여 인쇄소에 맡겨 출간한다. 또한, 책이 나오면 내가 원하는 곳에 판매하는 게 바로 독립출판이다. 대부분의 독립출판은 상업적인 내용을 고려하지 않기에 소량의 권수만 출간하고 책의 주제나 디자인 역시 아무런 제재를 받지 않는다. 이런 점에서 볼 때, 독립출판은 상당히 매력적이었고 전망 역시 나쁘지 않았다. 하지만 누군가에게 '독립출판을 원한다면 작가는 어느 정도의 돈을 벌기보다는 어느 정도의 돈을 써도 될지 고민해야 한다'라는 충고를 듣고는 일찌감치 독립출판을 포기했다.

독립출판에서 한 걸음 더 나아간 '1인 출판'은 작가가 아예 출판사를 창업해 책을 제작하는 형태다. 1인 출판은 보통 대형 출판사에서 제작하지 않는 책을 만들며, 독립출판과는 달리 대형서점까지 유통할 수 있는 장점이 있다. 하지만 출판의 모든 과정을 손금 보듯이 꿰뚫고 있어야 할 뿐만 아니라, 비즈니스적 안목까지 갖춰야 하는 1인 출판은 이번 생애에서는 불가능해 보였다.

결국, 내가 선택한 건 출판사가 작가에게 원고를 받아 인세를 지급하고 디자인부터 인쇄, 판매, 마케팅까지 모두 책임지는 '기획출판'이었다. 능력 없고 소심한 나는 적은 금액이나마 인세도 받고 출간의 기쁨까지 누리고 싶었다. 하지만 기획출판을 원한다면 작가는 글 쓰는 일뿐만 아니라 기획부터 마케팅까지 출간의 모든 과정에 참여해야만 한다. 또한, 좋은 책을 만들기 위해선 작가와 출판사 간의 파트너십이 절대적으로 필요하다. 한편 그런 사실을 미리 알지 못한 나는 좋은 출판사보다 쉽게 책을 내주는 출판사를 찾아다녔다.

며칠간 인터넷과 서점을 샅샅이 조사한 끝에 나는 문턱이 너무 높지도 낮지도 않은 출판사 12곳을 찾아내는 데 성공했다. 곧바로 출판사의 이름과 전화번호, 소재지, 이메일 주소 등을 엑셀 파일로 깔끔하게 정리하고 각 출판사에서 출간한 책들을 꼼꼼히 살펴보기 시작했다. 블로그의 서평들도 찾아보고 서점에서 직접 책을 살펴보면서 출판사의 수준과 역량을 가늠해 보았다. 그렇게 비교와 분석을 거쳐 파일에 남은 출판사는 총 여섯 군데였다. 이로써 나의 출판사 간택은 어렵게 막을 내렸다.

　그나마 출판사를 선택하는 일은 쉬운 편이었다. 사실 가만히 앉아 그들이 가진 것을 재고 선택하는 건 얼마나 쉽고 편한 일인가. 반대로 출판사로부터 선택받는 일은 그보다 훨씬 어렵고 힘들었다. 전해 들은 바에 따르면 보통의 출판사 에디터들에겐 하루 평균 10~15편의 원고가 투고된다. 대충 10편씩만 잡아도 에디터 한 명당 한 달에 200편이 넘는 글들이 투고되는 셈이다. 하지만 투고된 원고 중에서 출간으로 이어지는 경우 채 10%도 되지 않는다. 결국, 나머지 90%의 원고는 이면지가 된다는 얘기다. 게다가 간택된 원고 역시 매일같이 쏟아지는 100권 이상의 책들과의 피비린내 나는 싸움에서 반드시 승리해야만 한다.

　이제 길고 긴 간택을 마치고, 누군가로부터 간택 받을 일만 남은 나는 목욕재계로 몸과 마음을 정갈히 했다. 그리고 깊은 심호흡과 함께 출판사의 에디터들에게 이메일을 쓰기 시작했다. 우선 겸손하되 비굴하지 않은 태도로 인사말을 건넸다. 그리고 출간한 책들을 언급하며 출판사를 선택한 이유를 설명하고, 나의 이력과 책에 대해 간략히 썼다. 마지막으로 출간 기획서와 세 꼭지의 글을 첨부하고 정중한 태도로 편지를 끝냈다. 나머지 다섯 출판사에도 비슷한 편지들을 보냈다. 그때부터 나는 마음속에 '진인사대천명(盡人事待天命)'이란 문구를 써가며 피 말리는 하루하루를 견디기 시작했다.

출판사 리스트

한국출판문화산업진흥원의 'KPIPA 출판산업 동향'에 따르면, 2018년 말 기준 신고 출판사 수는 59,306개로 2017년 55,779개에서 6.3% 증가했다. 그중에서도 발생실적이 있는 출판사 수는 8,058개로 전체 대비 13.6%밖에 되지 않는다. 게다가 59,306개의 출판사 중에는 초중고 교과서, 학습지, 대학 교재, 기독교 서적만 취급하는 출판사들도 다수 포함되어 있다. 결국, 초보 작가들이 투고할 만한 출판사는 생각보다 많지 않다는 이야기다.

우선 대한출판문화협회에서 발표한 2022년 단행본 출판 부문 매출액에 따른 주요 출판사들의 순위를 알아보자.

(단위 : 백만 원)

2022년 순위	2021년 순위	출판사	2022년 매출	2021년 매출
1	3	김영사	35,674	31,550
2	1	위즈덤하우스	33,651	37,706
3	7	다산북스	33,215	27,336
4	5	문학동네	33,093	29,157
5	2	북이십일	32,670	34,894

6	4	창비	29,128	29,306
7	6	웅진씽크빅	27,384	27,933
8	8	비룡소	24,666	27,159
9	10	길벗	23,955	25,978
10	9	시공사	21,285	26,196
11	12	이퍼블릭코리아	19,682	19,685
12	11	사회평론	19,448	20,814
13	18	한빛미디어	15,356	14,284
14	13	예림당	14,939	15,868
15	14	성안당	14,756	15,554
16	17	민음사	14,574	14,833
17	19	학지사	13,282	14,128
18	15	알에이치코리아	12,851	15,412
19	20	박영사	11,730	10,674
20	16	쌤앤파커스	11,699	15,374

출간 때마다 서점에 몇 시간씩 앉아있어야 하는 수고를 덜기 위해, 나는 출판사 리스트를 정리해 두었다. 103개의 출판사는 50만 원이면 700개의 출판사 목록과 이메일 주소를 알려주겠다는 유혹을 물리치고 2,000개가 넘는 한국출판인회의 회원사들을 일일이 조사한 끝에 마련한 것이다.

물론 여기에는 역사나 철학, 과학 등의 전문 분야가 아닌, 초보 작가들이 접근할 수 있는 인문 분야의 에세이나 건강, 취미, 육아, 요리 등의 실용서를 출간하는 출판사들로만 구성되어 있다. 따라서 특정 분야의 책을 목표로 한다면 서점에서 해당 분야의 책과 출판사들을 조사해 새로운 리스트를 작성하길 권한다. 또한, 투고할 출판사를 정했다면 홈페이지나 온라인 서점에 들어가 그 출판사에서 나온 책들을 반드시 확인하자. 이를 통해 어떤 분야의 책을 출간해 왔는지, 어떤 분위기를 선호하는지 등의 정보를 알 수 있음은 물론이고, 출판사의 수준과 역량을 가늠할 수 있다.

투고 방식은 출판사마다 다른데, 편집자에게 출판계획서와 샘플 원고를 이메일로 보내는 게 보통이다. 하지만 몇몇 출판사들은 홈페이지 안에 출판계획서와 샘플 원고를 입력하는 방식을 취하기도 한다.

※ 출판사명 가나다 순

출판사명	전화번호	주소	홈페이지	분야
21세기사	031-942-7861	경기 파주시 교하읍 산남로 283-10	www.21cbook.co.kr	사회과학, 기술과학
가디언	070-4032-2088	서울 마포구 토정로 222, 306호	blog.naver.com/gadian7	경제경영, 실용, 인문, 역사, 종교
갈라북스	031-970-9102	경기 고양시 덕양구 중앙로 542, 903호	hblog.naver.com/galabooks	경제경영, 자기계발, 에세이
갈라파고스	02-3142-3797	서울 월드컵로 196, 801호		인문사회, 생태환경

강	02-325-9566	서울 마포구 동교로 17안길 21, 1층		문학, 인문교양
개마고원	033-747-1012	강원도 원주시 단계동 800, 105동604호	www.kaema.co.kr	인문, 사회과학
광문각	031-955-8787	경기도 파주시 광인사길161,광문각빌딩	www. kwangmoonkag. co.kr	과학기술, 대학교재
교유당	031-955-3582	경기도 파주시 회동길 210, 1층	blog.naver.com/ gyoyudang	문학,인문, 예술
국민서관	1833-4240	경기도 파주시 광인사길 63	www. kookminbooks. com	아동,문학, 학습
굿인포메이션&스쿨존	02-929-8153	서울 성동구 뚝섬로 1나길 5, 7층	blog.naver.com/ goodinfobooks	사회과학, 경제경영
궁리	031-955-9818	경기 파주시 회동길 325-12	www.kungree. com	과학,인문, 문학,예술
글담출판사	02-998-7030	서울 마포구 월드컵로 8길, 41	blog.naver.com/ geuldam4u	청소년,인문, 에세이
글로세움	02-323-3694	서울 구로구 경인로 445,8호관2층	www.gloseum. com	문학,인문, 비소설, 실용
글항아리	031-941-5157	경기 파주시 회동길 210, 1층	www.geulhangari. com	인문교양
금토	070-4202-252	경기 용인시 수지구 태봉로 17, 205동 302호		여행,여성, 일반교양
길벗출판사	02-332-0931	서울 마포구 월드컵로 10길, 56	www.gilbut.co.kr	어학,기술, 경제경영, 인문
김영사	031-955-3100	경기 파주시 문발로 197 번지	www.gimmyoung. com	종합

끌리는책	02-2060-5821	서울 구로구 디지털로 31길 20, 1005호	blog.naver.com/ happybookpub	경제경영, 자기계발, 교양
나무를 심는 사람들	02-3141-2233	서울 용산구 서빙고로 35, 103동 804호	blog.naver.com/ nasimsabooks	비소설,교육, 영상,청소년
나무생각	02-334-3339	서울 마포구 월드컵로 70-4,1층	www.namubook. co.kr	종합
나무옆 의자	02-790-6630	서울 마포구 성미산로 1길 67, 3층	www.facebook. com/ namubench	문학,인문, 자기계발
남해의 봄날	055-646-0512	경기 통영시 봄수1길, 12	namhaebomnal. com	로컬스토리
넥서스	02-330-5500	경기 파주시 지목로 5	www.nexusbook. com	종합
다락원	02-736-2031	서울 마포구 잔다리로 64-1	www.darakwon. co.kr	예술,어학, 정간
다산북스	02-704-1724	경기 파주시 회동길 490	www.dasanbooks. com	종합
다할미디어	02-517-9385	서울 강남구 삼성동 157-8 엘지트윈1차1210호	www.snifactory. com	인문,예술
대성	02-6959-3140	서울 용산구 후암로 57길, 57	www. daesungbook. com	아동,실용서, 기독서
더난콘텐츠 그룹	02-325-2525	서울 마포구 양화로 12길, 16	www.thenanbiz. com	사회과학, 어학
더숲	02-3141-8301	서울 마포구 동교로 150, 7층	blog.naver.com/ thesouppub	경제경영, 인문
도솔	02-335-5755	서울 마포구 동교동 17길 8		순수과학, 어학,문학
동아엠엔비	02-392-6903	서울 마포구 월드컵북로 22길 21, 2층	blog.naver.com/ damnb0401	인문,실용, 사회과학

두사람	010-9746-810	서울 마포구 성미산로 57-6,302호		실용,여행
따비	02-326-3897	서울 마포구 월드컵로 28길 6, 3층	www.facebook. com/tabipub	실용,음식,농 업,인문사회
라의눈	02-466-1283	서울 강남구 테헤란로 78길 14-12, 4층	blog.naver.com/ eye_of_ra	교양,인문
리수	02-2299-3703	서울 성동구 행당로 76, 110호	risu.co.kr	문학,인문, 사회과학
리스컴	02-540-5192	서울 강남구 광평로 295, 사이룩스 서관 1302호	www.leescom. com	가정,실용, 교육
리잼	02-719-6868	서울 강동구 상암로 167, 702호	www.ligem.co.kr	종합
마음산책	02-362-1452	서울 마포구 잔다리로 3안길 20	www.maumsan. com	문학,예술, 문화
마음의 숲	02-322-3164	서울 마포구 와우산로 30길 36	blog.naver.com/ maumsup	문학,인문, 경제경영
맥스교육	02-589-5133	경기도 성남시 분당구 정자일로 156번길 12 1503호	www.maxedu. co.kr	비소설,실용, 경제경영
메디치 미디어	02-735-3308	서울 중구 중림로7길 4	www. medicimedia. co.kr	문학,인문, 사회과학
메이븐	02-332-4804	서울 마포구 양화로 8길 16-20,3층	m.post.naver. com/mavenbook	인문,에세이, 경제경영, 자기계발
문학동네	031-955-8888	경기 파주시 회동길210	www.munhak. com	종합
물병자리	02-735-8160	서울 종로구 새문안로 5가길11, 801호	www. aquariuspub. com	종교,철학, 예술

물푸레	031-453-3211	경기 안양시 동안구 호계1동950-51, 201호		인문,자기계발,육아
미다스북스	02-322-7802	서울 마포구 양화로133, 711호	blog.naver.com/midasbooks	인문,환경,아동
미래의창	02-338-5175	서울 마포구 잔다리로62-1, 5층	www.miraebook.co.kr	경제경영,인문,사회과학
바이북스	02-333-0812	서울 영등포구 선유로49길23, 1005호	blog.naver.com/bybooks85	소설,에세이,인문,교육
밥북	02-6925-0370	서울 마포구 양화로7길 47,2층	www.bobbook.co.kr	종합
백도씨	02-3443-0311	서울 종로구 효자로7길 23, 3층	blog.naver.com/h_bird	문학,예술,실용,대중문화
북로그컴퍼니	02-738-0214	서울 마포구 월드컵북로1길60, 5층	blc2009.blog.me	문학,청소년
북이십일	031-955-2100	경기 파주시 회동길 201	www.book21.com	철학,예술,사회과학,역사,순수과학
북포스	02-337-9888	서울 영등포구 양평로21가길19 B동512호		실용,인문학
북하우스퍼블리셔스	02-3144-3123	서울 마포구 양화로12길 16-9, 3층	www.bookhouse.co.kr	문학,사회,인문학
비알미디어	02-512-2146	서울 종로구 율곡로6, A동16호	blog.naver.com/brmedia_book	실용
사람in	02-338-3555	서울 마포구 양화로11길 14-10, 3층	www.saramin.com	외국어,경제,경영,자기계발
산지니	051-504-7070	부산 해운대구 수영강변대로 140, 6층613호	www.sanzinibook.com	인문,사회,교양

산수야	02-332-9655	서울 마포구 망원동 472-19	www.sansuya. co.kr	경제,경영,처세,건강,실용, 인문교양
샘터사	02-763-8961	서울 종로구 창경궁로 35길26, 2층	www.isamtoh. com	종합
센시오	02-734-0981	서울 마포구 성암로 189, 1711호	m.post.naver. com/oceoo	경영, 자기계발
소동	031-955-6202	경기 파주시 돌곶이길 178-23	blog.naver.com/ sodongbook	인문,경영
수오서재	031-955-9790	경기 파주시 돌곶이길 170-2	www.suobooks. com	시/에세이, 건강,인문 자기계발,
스마트북스	02-337-7800	서울 영등포구 영등포로 5길19,1007호	www. smartbooks21. com	경제,경영, 부동산,인문
슬로미디어	02-493-7780	경기도 고양시 덕양구 청초로66, 슬로미디어A동15층	slodymedia. moodoo.at	교육,문학, 사회과학
시대의창	02-335-6121	서울특별시 마포구 연희로 19-1, 5층	post.naver.com/ side_books	정치사회, 경제경영, 인문, 문학
시그마북스	02-2062-5288	서울 영등포구 양평로 22길21, A 402호	www.sigmabooks. co.kr	종합
심플라이프	031-941-3887	경기 파주시 광인사길 88, 3층 302호	blog.naver.com/ simplebooks	인문,실용, 사회과학
싸이프레스	02-335-0385	서울 마포구 양화로 7길 4-13, 302호	www. cypressbook. co.kr	유아동,실용
썸앤파커스	02-6712-9800	서울 마포구 월드컵 북로 396, 18층	www. samnparkers. com	비즈니스,문학,인문,실용

싱크스마트	02-323-5609	서울 마포구 토정로 222, 401호	blog.naver.com/ ts0651	외국어,교양, 학습
아라크네	02-334-3887	서울 마포구 성미산로 187, 5층	www.arachne. co.kr	문학,경영, 자기계발
아트북스	031-955-7977	경기 파주시 회동길 210	www.facebook. com/artbooks.pub	미술, 일반교양
알에이치 코리아	02-6443-8800	서울 금천구 가산디지털2로 53, 한라시그마밸리 20층	ebook.rhk.co.kr	종합
어크로스	02-6959-3299	서울특별시 마포구 양화로10길 50, 3층	blog.naver.com/ acrossbook	인문, 실용, 사회과학, 자연과학
연금술사	02-323-1762	서울 마포구 동교로 136, 601호	blog.naver/com/ alchemistbooks	문학,교양
예문	02-765-2306	서울 강북구 도봉3로 37길 28, 3층	www.yemun.co.kr	경제,경영, 실용, 자기계발
위즈덤 하우스	02-2179-5600	서울 마포구 양화로19	www. wisdomhouse. co.kr	경제경영, 문학,실용
은행나무 출판사	02-3143-0651	서울 마포구 서교동 384-12	www.ehbook. co.kr	문학,인문, 사회과학
을유문화사	02-733-8153	서울 마포구 서교동 469-48	www.eulyoo.co.kr	인문,예술, 사회과학
이다북스	0507-1409- 0554	경기도 파주시 탄현면 헤이리마을길 93-144	blog.naver.com/ book_eda	에세이, 자기계발, 경영,건강
이봄	031-955- 9981	경기 파주시 회동길 210	www. munhak〉bbs	문학,인문, 예술,실용, 대중문화

이은북	02-338-1201	서울 마포구 동교로 12안길16, 4층	eeuncontents.com	인문,예술, 실용
이채	02-511-1891	서울 강남구 영동대로 721, 1110호	blog.naver.com/ yiche7	인문,건강, 청소년
이퍼블릭	02-2653-5131	서울 양천구 목동서로 211	www.epublic.co.kr	유아동,어학, 학습, 자기계발, 경제경영
자음과 모음	02-324-2347	경기도 파주시 서패동 469-1	jamobook.com	문학,청소년
전나무숲	02-322-7128	경기도 고양시 덕양구 으뜸로 130, 810호	www.firforest. co.kr	건강,자기계 발,경영,과학, 비소설
종문화사	02-735-6891	서울특별시 은평구 연서로34길 2층	blog.naver.com/ jongmhs	문학, 건강, 인문, 여성
중앙북스	02-2031-1013	서울 마포구 성암산로 48-6	jbooks.joins.com	종합
지호	031-903-9350	경기도 고양시 일산동구 호수로 662,1319호		인문,과학, 아동,청소년, 다큐멘터리
창비	031-955-3333	경기 파주시 회동길 184	www.changbi. com	문학,인문, 청소년
청년정신	02-3141-3783	서울 마포구 동교로 142-11, 3층	www.youngsoul. net	경제경영, 실용,인문
청림출판	02-546-4341	서울 강남구 도산대로 38길 11	www.chungrim. com	경제경영, 자기계발, 기독교, 실용
청어람 미디어	02-3143-4006	서울시 마포구 상암동 1654 DMC 이안상암 1단지 4층 402호	cafe.naver.com/ chungarammedia	인문, 예술, 아동

청아출판사	031-955-6031	경기 파주시 회동길 363-15	facebook.com/ chungabooks	인문,교양, 경제,명상
카시오페아 출판사	02-303-5580	서울 마포구 월드컵로 14길 56, 2층	www. cassiopeiabook. com	인문,교양, 자녀교육, 자기계발
팜파스	02-335-3681	서울 마포구 어울마당로 5길 18, 2층	www. pampasbook. com	어린이,인문, 청소년
푸른솔	0507-1338- 7850	경기도 파주시 송학1길 135-23 더스페이스 B동 304호		경제,경영, 건강,의학, 교양일반, 비소설
푸른숲	031-955-9005	경기도 파주시 심학선로 10, 3층	www.prunsoop. co.kr	철학, 사회, 문학, 예술, 역사
한빛미디어	02-325-0384	서울 서대문구 연희로 2길 62	www.hanbit.co.kr	경제경영, 에세이, 취미,실용
해냄출판사	02-326-1600	서울 마포구 잔다리로 30, 5층	www.hainaim. com	철학,문학, 아동
흐름출판	02-325-4944	서울시 마포구 월드컵북로 5길 48-9, 1층	www.nwmedia. co.kr	경제,경영, 자기계발, 에세이

(위의 표는 '한국출판인회의'에서 발간한 '한국의 출판사 486'(2022년)의 내용을 참고했습니다.)

3부

작가 되기

작가 코스프레

집 안 정리를 대충 끝내고 소파에 앉아 빨래를 개고 있는데, 내 휴대폰으로 게임을 하고 있던 딸이 무심코 말을 꺼냈다.

"엄마, 이상한 전화 왔었어."
"어? 무슨 전화?"
"몰라, 모르는 전화번호길래 그냥 꺼버렸어. 보이스피싱인지도 모르잖아. 나 잘했지?"

하지만 씩 웃는 딸을 보며 나의 심장은 쿵 하고 내려앉고 말았다. 당시 나는 출판사에서 전화가 올까 봐 하루에도 수십 번씩 전화기를 확인하던 중이었다. 혹시나 무음으로 해놓지는 않았는지 딸들이 음악을 틀어놓은 사이에 전화가 오지 않았는지 한시도 전화기에서 눈을 떼지 않았지만, 전화기는 며칠째 묵묵부답이었다. 딸에게서 전화기를 빼앗아 확인해 보니 정말로 부재중 전화가 와 있었다. 부아가 치민 나는 딸의 등짝에 수도 없이 스매싱을 날렸다. 하지만 이미 머리끝까지 끓어오른 화는 전혀 가라앉지 않았다. 그때 다시 전화벨이 울리지 않았다면, 그날 딸의 등짝은 남아나지 않을 터였다.

"여보세요? 복일경 작가님이신가요?

○○○출판사 대표, ○○○라고 합니다. 우선 투고하신 원고는 잘 받았습니다. 읽어보니 재밌더라고요."

"네? 아, 예. 감사합니다"

"음, 이렇게 하시죠. 1,000부에 인세○%, 괜찮으실까요?"

"네? 아, 예. 그러죠, 뭐."

"그럼, 일단 계약서 한 부를 보내드릴 테니깐, 내용 확인해 보시고 마음 정하시면 연락해 주세요. 그럼, 그때 다시 계약서에 도장 찍어 보낼테니까 이 번호로 주소 부탁드려요."

"네? 아, 예."

그렇게 통화는 간단히 끝났지만 전화기를 쉽게 내려놓을 수 없었다. 내가 했던 말이라고는 '네?'와 '예'가 전부였지만 나의 심장은 터져나가기 일보 직전이었다. 산삼을 발견한 심마니나 목욕 중에 알몸으로 뛰쳐나온 아르키메데스도 나와 비슷한 심정이었을 것 같았다.

며칠을 멍한 정신으로 보내는 사이 계약서는 득달같이 집에 도착했다. 나는 떨리는 손으로 '출판권 및 배타적 발행권 설정 계약서'라고 쓰인 서류 뭉치를 차례차례 넘겨보았다. 하지만 앞표지의 내 이름 말고는 아무것도 눈에 들어오지 않았다. 우선 내가 왜 '갑'이고, 출판사가 '을'이라는 건지 이해가 되지 않았다. 게다가 처음 보는 저작권이니 출판권이니 하는 용어들도 왠지 낯설고 두렵기만 했다.

나는 계약서를 대충 훑어보고는 출판사 대표님께 메시지를 보냈다. '대표님, 보내주신 계약서 내용은 잘 확인했습니다. 계약서에 도장을 찍어 보내주시면 곧바로 서명해 보내도록 하겠습니다. 감사합니다.' 그렇게 출판사와의 계약은 쉽게 이뤄졌다.

그 뒤로도 계약하자는 메일을 몇 차례 받았다. 어떤 출판사는 방향을 바꾸어 원고를 다시 쓸 수 있겠냐고 물어왔고, 이미 거절 메일을 보냈던 출판사의 다른 에디터로부터 계약하자는 메일을 받기도 했다. 하지만 나의 원고를 처음으로 알아봐 준 출판사를 위해 나는 이미 목숨이라도 내던질 각오가 되어 있었다. 그런데 계약서는 일주일이 넘도록 도착하지 않았다. 약간의 불안함을 느낀 내가 혹시나 하는 마음으로 문자를 보내자, 대표님께서 바로 전화하셨다.

"아이고, 작가님! 제가 정신이 없어서 계약서를 깜빡하고 있었네요. 지금 바로 빠른 등기로 보낼 테니깐 사인해서 보내주세요. 정말 죄송합니다."

그제야 나는 안도의 숨을 내쉬었다. 태산 같은 출판사 대표님도 때론 그런 실수를 한다는 사실이 오히려 나의 마음을 편안하게 했다.

그때부터 나는 예전부터 꿈꾸어왔던 '작가 코스프레'에 돌입했다. 작가들의 일상을 다룬 책들을 읽어보니, 작가는 넌더리 나는 원고를 출판사에 던져준 후에야 일상으로 돌아간다고 쓰여 있었다. 원고를 쓰느라 감히 엄두도 내지 못했던 일들은 사실 영화를 보고, 책도 읽고, 친구와 커피를 마시는 일 등의 사소한 것들이었다. 원고에서 벗어난 나 역시 다른 작가들처럼 뭔가를 하고 싶었다. 하지만 마음만 졸였을 뿐, 하고 싶은 일 다 하며 글을 썼던 나에겐 보고 싶은 영화나 책이 있을 리 만무했다. 결국 나는 하는 일 없이 빈둥거리며 봄과 여름을 보냈고 가을에 출간일이 다가와서야 뒤늦게 후회했다.

사실 그때 나는 바빠야 했다. 출간 전까지 출판사 컴퓨터 파일 더미에 묻혀있을 원고를 계속 다듬고 손질해야 했다. 또, 출간된 내 책을 홍보하기 위해 블로그를 손질해 두어야 했고 페이스북, 인스타와 같은 SNS 모두에 가입해 구독자도 확보해야만 했다. 하지만 언제나 그렇듯 필요한 지혜는 너무 늦게 찾아왔다. 그 긴 시간을 허송세월로 보낸 나는 출간일이 다 되어서야 부랴부랴 블로그를 손질하고 오타와 어색한 문장들 때문에 골머리를 앓으며 SNS의 구독자를 늘리느라 진땀을 뺐다.

계약서에 쓰인 출간 예정일이 다가오자 슬슬 조바심이 일기 시작했다. 출판사에서 혹시 내 원고를 잊은 건 아닌지, 원고가 시원찮아 출간일을 미룬 건 아닌지 별의별 생각이 다 들었다. 며칠을 기다리다 더는 참을 수 없게 된 나는 출판사 대표님께 출간에 대한 메일을 보냈다. 다행히 화통하신 대표님께선 그 즉시 답장을 해주셨다. '작가님, 지금 책은 편집 중이며 수일 내로 편집본을 보낼 테니 확인 부탁드립니다.' 또다시 가슴을 쓸어내린 나는 그제야 원고를 들여다보기 시작했다. 하지만 문장 몇 개를 고칠 새도 없이 출판사로부터 편집본이 밀어닥쳤다.

완성된 편집본을 확인하는 일은 마치 태아를 초음파로 들여다보는 일과 비슷했다. '아, 내 새끼가 이렇게 생겼구나. 벌써 눈이랑 코도 생기고 발가락과 손가락도 생겼구나!' 표지와 제목은 물론이고, 목차와 페이지 번호까지 들어간 원고는 제법 책의 모양새를 갖추고 있었다. 그전까지 A4 용지에 까만 잉크로 새겨있던 글자들이 제자리를 찾은 듯 보였다. 그러나 마냥 기뻐하고 있을 수는 없었다. 그 아름다운 자태에 숨어 있는 어색한 문장과 오타들을 쥐도 새도 모르게 찾아내야만 했다.

출판사에선 에디터 프로그램을 이용해 직접 수정하길 원했다. 하지만 태생적으로 컴맹인 나는 대표님께 양해를 구한 뒤 수정할 페이지와 문구만을 적어 한글파일로 보내기로 했다. 그때부터 나는 식음을 전폐하고 온종일 원고에 매달렸다. '시간 있을 때 원고 좀 봐둘걸'하고 후회할 겨를도 없이 원고를 보고 또 보며 마음에 들지 않는 문장들을 수정해 나갔다. 그렇게 며칠을 보내고 나니 원고를 한 번만 더 봤다간 화장실로 직행할 것만 같았다. 결국 나는 1차 수정 요구서를 출판사에 보내버렸다. 하지만 숨을 돌리기도 전에 출판사는 수정한 편집본을 카톡으로 전해왔다.

새삼 작가들이 위대해 보였다. 오랜 시간 동안 원고와 싸우고 또 자신과 싸워야 하는 작가들의 고된 삶이 눈앞에 보이는 것 같았다. 나는 비슷한 과정을 거쳐 2차와 3차 수정 요구서를 출판사에 보냈다. 하지만 인쇄소에 넘기기 전까지 원고를 계속 들여다봐도 오타와 어색한 문장은 끝내 사라지지 않았다. 어디선가 보았던 '수정은 끝나는 것이 아니라, 그만두는 것뿐이다'라는 말은 결국 진실이었다. 그 슬픈 진실을 안주 삼아 쓰디쓴 맥주를 들이켜는 것으로 나는 작가 코스프레를 끝냈다.

출판사와 계약하기

1. 출판제안서

출간 경쟁이 심해지다 보니, '출판 제안서 작성법'을 알려준다는 온오프라인 광고가 점점 늘고 있다. 물론 거창하게 꾸민 제안서일수록 에디터 눈에 띌 확률이 높아진다. 하지만 에디터들이 제안서에서 가장 눈여겨보는 건 화려한 표지가 아니라, 출간의 기획 의도와 샘플 원고이다. 여전히 출판 제안서 쓰기가 두려운 초보 작가들을 위해 『브런치 하실래요』의 출판 제안서를 첨부한다. 이보단 훨씬 더 잘 쓸 수 있다는 자신감이 마구 솟아나지 않는가.

슬기로운 책 쓰기(가제)

어느 날 '저자'가 된 어느 초보 작가의 고군분투 출간서.
학원이나 강좌에서 들을 수 없는 출간에 관한 생생하고
솔직한 경험담을 처음으로 공개합니다.

1. 저는요

안녕하세요, 『안녕, 샌디에이고』를 처음 출간한 새내기 작가 복일경입니다.

2002년부터 2015년까지 미국에서 거주하다 돌아온 저는 모국어가 주는 편안함에 이끌려 글을 쓰기 시작했습니다.

2017년 〈에세이문학〉으로 등단하였고, '산림문화 공모전' 수필 부문 최우수상, '독서왕 선발대회' 최우수상을 받은 바 있습니다. 더욱이 블로그와 브런치 작가로 활동하면서부터 글쓰기의 매력에 빠진 저는 미국의 삶과 경험을 바탕으로 쓴 글을 모아 2019년 『안녕, 샌디에이고』를 출간했습니다.

또한, 『안녕, 샌디에이고』로 '매원 수필문학상'을 수상하였습니다.

2018년 도서관에서 학생들을 위한 독서와 글쓰기 강의를 시작으로, 현재는 세종지역과 대전에서 성인들을 위한 글쓰기 강의를 진행하고 있습니다.

2. 책을 쓰게 된 동기는

『슬기로운 책 쓰기』는 『안녕, 샌디에이고』를 홍보하기 위해 블로그에 올렸던 '출간 일기'에서 비롯되었습니다. 단순히 책을 알리기 위해 썼던 글들이 경험담이 오히려 책보다 더 재미있다는 반응을 얻은 것입니다. 이에 출간 전부터 출간 후까지 초보 작가로서 경험한 내용을 상세히 기록함으로써 지금의 『슬기로운 책 쓰기』를 완성하였습니다.

3. 제안하는 책은

'초보 작가의, 초보 작가에 의한, 초보 작가를 위한' 에세이입니다. 글쓰기나 책 쓰기에 관한 그 어떤 강좌나 학원 없이 글을 쓰고 출간한 저의 경험을 담았습니다. 평범한 아줌마에서 글을 쓰기 시작하고, 출간에 이르기까지의 짧지 않은 여정을 가감 없이 공개하고자 합니다. 책 한 권 내는 게 소원인 분과 초보 작가들을 위해 좋은 안내서가 되길 희망합니다.

4. 기존의 책들과 차별점이 있다면

글쓰기와 책 쓰기에 관한 책들은 수도 없이 많습니다. 하지만 전문가와 유명 작가들의 작법서들은 초보 작가들에게 여전히 멀게만 느껴질 뿐입니다. 반면 저의 책은 초보 작가라는 같은 위치에서 보고 느낀 내용으로 오히려 독자들에게 많은 공감을 불러일으킬 것입니다.

5. 책의 목차와 구성은 다음과 같습니다

짧고 간결한 책을 위해 프롤로그와 에필로그를 포함해 모두 20개의 에피소드로 구성하였습니다.

• 프롤로그

• 1부. 글쓰기
: 작가와는 거리가 멀었던 제가 어떻게 글을 쓰기 시작하고, 다듬어 나갔는지 등에 대한 저의 경험담을 솔직히 소개합니다.

• 2부. 책 쓰기
: 출간을 위한 책 쓰기 과정과 투고, 계약, 인세 등의 내용을 담았습니다.

• 3부. 작가 되기
: 출간 이후의 과정, 즉 마케팅과 북토크, 강연 등의 경험담을 소개합니다.

• 에필로그

6. 세부 구성은

• 프롤로그, 〈책 쓰기가 쉽다는 거짓말〉

• 1부. 글쓰기

1. 글쓰기 유전자 (작가의 조건)

2. 블로그와 글쓰기 (블로그를 통한 글쓰기)

3. 글쓰기는 '치킨'이다 (글쓰기의 원동력)

4. 독후감을 공개합니다. (서평, 독후감 쓰기)

5. 라면을 맛있게 '쓰는' 법 (에세이 쓰기)

6. 엄마의 절필(?) 선언 (등단의 의미)

• 2부. 책 쓰기

7. 브런치 하실래요? (브런치를 통한 글쓰기)

8. 명란 파스타 한 접시와 책 한 권 (책의 가치와 무게)

9. 강남스타일의 기적 (꾸준한 글쓰기)

10. 쏟아지는 하트를 불빛 삼아 (출간에 대한 고민)

11. 책 쓰기의 왕도 (글쓰기 학원과 강좌)

12. 선택하기와 선택받기 (출판 제안서와 출판사 선택하기)

• 3부. 작가 되기

13. 작가 코스프레 (출판 계약)

14. 출판의 '갑'들이여, 일어서라! (책 제목, 표지, 소개서 쓰기)

15. 첫 만남 (출간의 기쁨)

16. '갑'이라는 왕관의 무게 (작가들의 인세)

17. 무소의 뿔처럼 혼자서 가라 (책 홍보를 위한 북토크와 강의)

18. 첫사랑 (출간의 의미)

• 에필로그, 〈출간 후 오는 것들〉

이상입니다.

7. 마케팅 전략

2017년부터 저는 블로그와 브런치, 인스타에서 활동하고 있습니다. 에세이와 서평 등을 꾸준히 써온 덕에 1,700여 명의 블로그 이웃들과 좋은 관계를 쌓아왔습니다. 첫 출간에서 경험했듯이 이분들은 누구보다도 저의 출간을 기뻐하며 도와주시리라 믿습니다.

무엇보다도 책 홍보에 도움을 주었던 건 '북토크와 강연'이었습니다. 첫 출간 후, 저는 동네 서점들을 시작으로 독립서점과 독서 모임 등에서 북토크와 강연을 했습니다. 현재는 코로나로 인해 주춤하고 있습니다만, 첫 출간에서 쌓은 인맥과 노하우를 통해 누구보다도 열심히 독자를 만나고 소통할 계획입니다.

8. 마지막으로...

현재 원고는 에필로그까지 100% 완성된 상태이며, 계속해서 수정과 교정 중입니다. 〈슬기로운 책 쓰기〉는 노벨문학상이나 맨부커상을 꿈꾸는 작가들을 위한 책은 절대로 아닙니다. 하지만 출간을 꿈꾸는 예비 작가들과 초보 작가들에게 작은 도움이 되길 희망합니다. 모쪼록 많은 관심 부탁드립니다.

연락처 : 010-****-****

출판사에 투고할 때, 위와 비슷한 출판 제안서와 3~5개의 샘플 원고를 첨부하면 된다.

2. 출판계약서

아동문학계의 노벨상이라 불리는 '아스트리드 린드그렌상'을 수상한 『구름빵』의 '백희나' 작가는 인터뷰에서 출판사와 저작권 소송으로 인한 고통을 토로했다. 작가는 자신의 데뷔작이자 대표작인 『구름빵』을 한솔교육에 저작재산권 일체를 양도하는 조건으로 계약했다고 한다. 이후 구름빵은 TV 시리즈와 뮤지컬로 제작되고 굿즈도 나오면서 문화상품으로 발전해 약 20억 원 이상의 매출을 올렸지만, 작가가 저작권료와 지원금으로 받은 금액은 총 1,850만 원이 전부였다.

물론 대부분의 출판사는 훌륭한 작가를 발굴하고 좋은 책을 내기 위해 최선을 다한다. 하지만 어려워진 출판시장에서 살아남기 위한 출판사의 몸부림이 간혹 작가들을 다치게 할 수도 있다. 따라서 출판 계약도 엄연히 '계약'인만큼 꼼꼼하게 살펴볼 필요가 있다. 공정한 계약을 위해 무엇을 눈여겨봐야 하는지 알아보자. 한국저작권위원회에서 권장하는 '표준 출판권설정 계약서'는 온라인에서도 쉽게 찾아볼 수 있다.

1) 인세

초보 작가들의 경우엔 보통 6~10%의 인세를 받게 된다. 하지만 몇몇 출판사들은 저자에게 제작비 일부를 떠넘기거나 책 구매를 강요하기도 한다. 자비출판의 경우가 아니라면, 이런 출판사와는 되도록 빨리 인연을 끊는 게 좋다. 출판사마다 다르겠지만, 인세를 지급하는 방식은
- 초판이 출간될 때 인세를 모두 지급하고, 2쇄부터는 3쇄를 찍어야 2쇄의 인세를 지급하고, 4쇄를 찍어야 3쇄 인세를 지급하는 형태
- 초판에 상관없이 6개월에 한 번씩 정산하는 형태
- 인쇄할 때마다 그 부수에 대한 인세를 지급하는 형태로 나뉜다.

2) 출판권 존속 기간

보통은 5년으로 하며 2~3년 정도로 계약이 갱신되는 형태가 많다. 계약서에 기간이 제대로 명시되어 있는지 확인해야만 한다. 만약 계약기간 동안 책이 유통되지 않는다면, 작가는 출판사에 계약 해지를 요구할 수 있다.

3) 원고 인도 및 출판 기한

단행본 제작을 위해서는 적어도 200자 원고지 600매 이상이 필요하다. 작가는 출판사가 원하는 원고량과 날짜를 확인해 집필 양과 일정을 정해야 한다. 또한, 출간이 늦어져 마음고생하는 작가도 적지 않으니, 출판사가 약속한 출간일도 반드시 확인하자.

4) 초행 발행 부수

1쇄 발행 부수란 처음 인쇄할 때 찍어내는 책의 양을 말하는데 이는 출판사의 규모에 따라 달라진다. 규모가 큰 출판사는 2천 부 이상을 발행하기도 하지만, 소규모 출판사들은 1쇄에서 1천 부를 발행하고 판매 추이에 따라 바로 2쇄를 준비하기도 한다.

5) 계약금과 선급금

계약금이나 선급금은 인세를 미리 주는 선인세를 뜻하는데, 이는 모두 인세에 포함된다. 예를 들어 인세로 총 200만 원을 받기로 했다면, 출판사가 계약금이나 선급금으로 100만 원을 지급한 경우 출간 후 저자가 받는 인세는 100만 원이 된다.

6) 증정본

증정본이란 출간 후 출판사가 저자에게 지급하는 책을 말한다. 보통은 초판 10부, 증쇄 발행 시 2부씩 받게 된다. 더 많은 책을 원할 경우, 저자는 정가의 70%에 구매할 수 있다. 또한, 홍보용으로 증정한 부수는 인세 지급에서 제외되는데, 10%를 넘지 않는 게 보통이다.

7) 전자책 및 2차 저작권 인세

책이 전자책으로 출간되거나, 연극이나 영화 등으로 활용될 경우도 인세가 발생하는데 이는 종이책보다 비율이 훨씬 높은 편이다. 이차적 사용으로 수익이 발생할 경우, 출판사와 저자가 50%씩 이익을 나눠 갖는 것이 보통이며, 해외에 판매될 경우도 마찬가지다. 물론 출판사는 저자에게 먼저 동의를 얻어야만 한다.

3. 블러썸크리에이티브(Blossom Creative)

이제는 작가들도 에이전시에 소속돼 활동하는 시대가 열렸다. '블러썸크리에이티브'는 일명 스타 작가들의 매니지먼트 회사로, 작품이 영화나 드라마로 제작될 때 발생하는 2차 저작권 문제와 방송이나 강연 등의 외부 업무를 대신한다. 작가 에이전시가 등장한 이유는 작품이 출판으로 끝나지 않고 영화, 드라마, 뮤지컬 등으로 활용되는 일이 점점 많아지는 데다가, 오디오북 시점이 커지면서 작가들이 신경 써야 할 저작권 문제도 점점 확대되었기 때문이다.

사실 지금까지는 출판사의 편집자들이 작가의 매니저 역할을 도맡아 왔다. 하지만 편집자의 업무량이 많아지는 데다 영화나 방송계를 잘 알지 못해 많은 어려움을 겪어왔다.

'블러썸크리에이티브'는 출판사의 업무를 세분화하고 전문화하는 것은 물론이고, 작가들의 계약 검토나 대외 활동도 대신 처리한다. 에이전시 소속된 작가들은 창작에 전념할 수 있을 뿐만 아니라, 조직이나 기관과 협상할 때도 훨씬 편해졌다고 평가한다. 한국 작가들은 특정 출판사에 전속되어 있기보다 여러 출판사를 통해 책을 내기 때문에 작가의 작품을 체계적으로 홍보하기가 쉽지 않았다. 현재까지 '블러썸크리에이티브'에 소속된 작가는 김영하, 김중혁, 편혜영, 배명훈, 김금희, 김초엽, 장류진, 천선란, 박상영 등으로 작가뿐만 아니라 다양한 창작자들과 협업하기 위해 노력하고 있다.

한국저작권위원회의 저작권상담센터나 예술인복지재단의 법률상담 카페에서는 창작자들에게 저작권 관련 상담을 무료로 해준다. 한국 사회에 이러한 공공 서비스가 더욱 확대되길 바란다. 작가들의 계약서는 나날이 두꺼워지고 어려워져질 테니 말이다.

출판의 '갑'들이여, 일어나라!

어려서부터 나는 꽤 순한 사람이었다. 학교에 다닐 때는 이유 없이 단체 기합을 받아도 말없이 따랐고 직장에서는 시도 때도 없이 요구하는 과장의 커피를 묵묵히 대령했다. 사람들은 그저 윗사람이 시키는 대로 군소리 없이 일하는 나를 늘 칭찬했고 그 덕분에 나는 비교적 무난한 삶을 꾸려왔다. 하지만 출간하고 나서야 깨달았다. 그처럼 순하고 둥글둥글한 성격이 때론 해가 될 수 있다는 사실을 말이다.

난생처음 내가 책을 냈을 때 주위 사람들은 정말로 뜻밖의 반응을 보였다. '표지는 왜 그렇게 촌스럽냐' '제목은 도대체 무슨 의미냐' '사진은 그것밖에 없었냐' '목차는 누가 정했냐' 등 평생에 걸쳐 들을 만한 비난과 질책이 일제히 쏟아졌다. 하지만 나는 아무런 해명도 할 수 없었다. 사실 틀린 말도 아닌 데다가 그 모든 문제의 원인이 바로 나에게 있었기 때문이었다.

우선 '출간의 성공이 책 표지와 제목에 있다'라는 사실은 내가 책을 선택하는 방식만 봐도 쉽게 알 수 있는 상식 중의 하나였다. 매대에서 세련된 표지와 개성 있는 제목을 가진 책에 제일 먼저 눈이 가는 건 당연했다. 또한, 아무리 시선을 사로잡은 책이라도 저자 소개와 목차가 별로면 절대 계산대로 가져가지 않는다는 사실도 나는 이미 충분히 알고 있었다. 하지만 막상 내 책을 출간할 때는 그 모든 사실을 간과하고 말았다.

그때 나는 좀 더 적극적으로 나서야 했다. 책을 만드는 과정에서 마음에 들지 않는 점이 있으면 솔직하게 얘기하고 함께 고민하고 소통해야 했다. 하지만 책이 완성될 때까지 입을 꾹 다물고 있었던 나는 많은 아쉬움을 남길 수밖에 없었다.

1. 표지

두 번째 수정과 교정이 끝나갈 무렵, 출판사는 여섯 개의 표지 시안을 이메일로 보내왔다. 각각의 디자인들은 나름 괜찮아 보이긴 했지만, 미술 감각이라곤 없던 나에게 어떤 디자인이 책에 적합한지 판단하기란 쉽지 않았다. 하지만 이것저것 따지기 귀찮았던 나는 그나마 눈에 잘 띌 거라 여긴 노란색 표지를 선택해 보냈고 출판사 역시 나의 선택을 말없이 받아들였다.

사실 블로그를 오가며 출간에 앞서 표지를 골라 달라는 작가들의 글을 많이 봤었다. 하지만 부러움과 시기로 가득했던 나의 눈에는 출간에 대한 과시와 광고로만 비쳤다. 따라서 똑같은 상황이 벌어졌을 때, 나는 무슨 부끄러운 일이라도 되는 양 조용히 해치워 버렸다. 하지만 이제 와 생각해 보면 나는 그때 민망함을 무릅쓰고라도 비슷한 이벤트를 벌여야 했다. 독자들이 좋아하는 디자인으로 표지를 선택하고, 블로그와 SNS로 출간의 과정을 끊임없이 알리며 홍보해야만 했다.

책 표지는 책의 얼굴과도 같다. 독자들은 표지를 보며 글의 내용과 수준을 가늠해 보기도 한다. 이렇게 중요한 표지를 결정하기 위해선 당시 잘 나가는 책들을 참고하거나 SNS를 통해 당시 사람들의 감성을 이해할 수 있어야 한다. 우선 출판사가 제시한 표지를 선택하기 전에 좋은 디자인을 알아볼 수 있는 안목과 감각을 기르도록 하자.

2. 제목

북 토크에서 가장 많이 들었던 질문은 '책 제목이 도대체 무엇을 의미하는가'였다. 그만큼 제목의 의미가 분명하지 않고, 오해의 소지가 있다는 뜻이었다. 출간 전까지만 해도 나는 책 제목을 정하기 위해 작가와 출판사의 편집자들이 모여 적어도 1박 2일의 심각한 회의를 거치는 줄로만 알았다. 하지만 '안녕'이란 단어 안에 영어의 'hello'와 'bye' 두 가지 의미를 담아 정한 가제목은 별다른 게 떠오르지 않는다는 이유로 그대로 책 제목이 되어 버렸다. 어떤 작가는 철학관에 가기도 하고 더러는 유명한 스님을 찾기도 한다던데 나는 고작 카톡 몇 번으로 책 제목을 결정하고 말았다.

역시 출간 후 알게 된 사실이지만, 책 좀 내본 사람들은 제목을 결정하는 일에 목숨을 걸 뿐만 아니라 나름의 방식을 가지고 있었다. 즉 지금까지 나온 베스트셀러들의 제목을 쭉 나열한 뒤 필요한 단어들을 조합해 새로운 제목을 만들어 내는 방법이었다. 물론 내 책의 제목은 그런 방식에 전혀 부합되지 않았다.

3. 사진

딸의 첫 책을 받아본 친정엄마가 갑자기 전화해 불같이 화를 내셨던 이유는 책에 실린 나의 사진 때문이었다. 엄마는 도대체 왜 그런 사진을 골랐는지, 정말로 입을 옷이 그렇게도 없었는지, 사진 찍기 전에 미용실엔 다녀왔는지 꼬치꼬치 물으시더니 한숨을 내쉬며 전화를 끊어버리셨다. 몇 시간 간격으로 전화한 동생들 역시 사진이 그게 뭐냐며 내게 짜증을 부렸다.

사실 표지 안쪽에 실린 사진은 내가 봐도 심각한 정도였지만 나름의 사정이 있었다. 나는 절대로 책에 사진을 싣지 않겠다고 고집을 부렸지만, 출판사는 독자들에게 친절한 작가가 되기를 요구했다. 그렇게 출판사와 실랑이를 벌이는 사이 인쇄일은 코앞으로 다가오고 말았다. 결국 급해진 나는 딸에게 집에서 입고 있던 옷차림으로 사진을 찍어달라고 한 뒤 그대로 출판사에 보내버렸다.

겉치장에 조금도 관심 없는 나이지만 책에 실린 사진을 볼 때마다 속상한 건 사실이다. 나도 남들처럼 옷도 좀 차려입고 머리도 좀 한 뒤에 사진관에서 찍을 걸 후회스럽기만 하다. 부디 다음 출간 때에는 지적이고 기품 있는 프로필 사진을 준비하자고 다짐할 뿐이다.

4. 저자 소개

누군가에게 나를 소개하는 일은 언제나 어렵다. 책을 앞에 놓고 살지 말지 고민하는 독자들에게 저자 소개는 너무 겸손해서도 안 되고, 반대로 오만해서도 안 된다. 예전의 책들을 보면 저자 소개가 비교적 짧은 편이었다. 하지만 자신을 알리는 일이 곧 마케팅이 된 요즘에는 저자 소개가 에필로그와 맘먹을 정도로 길어졌을 뿐만 아니라, 그 중요성도 계속 커지고 있다.

처음 내가 쓴 저자 소개는 출판사로부터 단박에 거절당했다. 하지만 출판사는 그저 짧다고만 했지, 어떻게 쓰라고는 설명하지 않았다. 답답해진 나는 책 몇 권을 참조해 별 볼 일 없는 약력을 길게 부풀려 간신히 출판사로부터 승낙을 받아냈다.

프로필 쓰기에 대한 가이드라인은 좀처럼 찾아보기 힘들다. 나 역시 책을 내고 나서야 몇 가지 방법을 알아냈을 뿐이다. 즉, 책의 내용과 부합되도록 '나는 ○○○○이다'처럼 자신을 포지셔닝한 후 이를 입증해 줄 학력과 경력, 활동 사항, 경험, 저서나 성과 등을 자세히 설명한다. 또한, 내가 추구하는 가치는 무엇인지, 그것은 어떤 우위를 지니는지를 서술한 후에 이메일과 블로그 주소 등을 더하면 독자들의 관심을 쉽게 얻을 수 있다. 나 역시 이런 사실을 미리 알았더라면 얼마나 좋았겠는가마는, 사진과 함께 부랴부랴 써낸 프로필은 독자들의 호기심을 불러일으키기엔 너무나 부족했다.

소크라테스는 『향연』에서 에로스에 대한 견해를 밝히며 모든 인간 행위의 동기가 '불사성(不死性)'에 있다고 주장했다. 다시 말해 인간은 자신의 불멸을 위해 육체적으로는 아이들을 낳고, 정신적으로는 영혼의 자손을 만들어 낸다는 뜻이다. 그리고 보면 책은 작가의 영혼이 담긴 자식인 게 분명하다. 출산을 앞두고 자식의 이름과 얼굴에 신경 쓰지 않을 부모는 세상에 없다. 그런데도 출간에 대한 나의 태도는 너무도 소극적이고 게을렀으며 무능하기까지 했다. 출판사 눈치만 보며 행여라도 까탈스럽게 보일까 전전긍긍했던 나는 표지와 제목, 사진, 작가 소개 등의 출간 과정을 대충대충 넘겨버리고 말았다.

물론 책이 내용만 좋으면 되지 그 외에 뭐가 중요하냐고 물을 수도 있다. 하지만 그 훌륭한 내용도 적절한 형식과 겉모습을 갖추지 못하면 세상 밖으로 나오지 못하는 법이다. 출판 계약서를 보면 작가인 나는 분명 '갑'이었다. 갑으로서 나는 마음에 들 때까지 표지 시안을 더 보내 달라고, 책 제목을 좀 더 신경 써달라고 요구해야만 했다. 또 예쁜 사진을 찍을 수 있도록 며칠만 기다려달라고, 그럴싸한 저자 소개는 어떻게 써야 하냐고 출판사에 당당히 물어야만 했다. 하지만 나 자신을 한 번도 '갑'이라 생각하지 못한 나는 당연한 권리조차 일찌감치 포기하고 말았다.

요즘 사람들은 '갑질'이란 단어에 상당히 예민하다. 하지만 출간을 위해서라면 어느 정도의 갑질은 필요하다고 본다. 마음에 드는 표지를 얻을 때까지, 독자를 사로잡을 제목을 만들어 낼 때까지 물러서면 안 된다. 영혼의 자식과도 같은 내 책을 위해서라면 때론 찍기 싫은 사진도 찍어야 하고, 낯간지러운 프로필도 써야 하는 법이다.

그러니 출간을 앞둔 갑들이여, 지금까지의 수동적이고 나태한 태도는 버려라. 생애에 딱 한 번 허락된 갑질이 아니던가. 이제 세상 밖으로 나오려는 영혼의 자녀를 위해 자리를 박차고 일어나라. 고개를 숙여도 안 되고 타협해서도 안 된다. 출판의 갑들이여, 당신의 책이 완벽한 자태로 세상 앞에 모습을 드러낼 때까지 절대로 만족하지 말지어다.

책 제목 정하기

출간 과정에서 작가들이 출판사와 가장 많이 갈등을 겪는 부분이 바로 '책 제목'이다. 출판사는 독자의 시선을 조금이라도 사로잡기 위해 화끈한(?) 제목을 원하지만, 작가들은 좀 더 우아하고 지적인 분위기의 제목을 선호하기 때문이다. 대형 출판사에서는 책 제목을 짓기 위해 카피라이터나 기획출판사에 의뢰하기도 하고, 작가와 출판사 편집자들의 길고 긴 회의를 통해 정하기도 한다.

책 제목에 시간과 에너지를 마냥 쏟아부을 수 없는 작은 출판사들은 작가에게 완전히 떠넘기거나 에디터에게 맡겨버릴 확률이 높다. 만약 출판사가 책 제목을 짓는 일에 적극적이라면 작가는 그를 수용하는 게 훨씬 현명하다. 하지만 그렇지 않다면 결국 작가가 발 벗고 나설 수밖에 없다.

1. 책 제목의 최근 트렌드

2019년 3월 12일 한국경제신문은, 오랫동안 베스트셀러였던 혜민 스님의 『고요할수록 밝아지는 것들』을 위협하는 책으로, 야마구치 슈의 『철학은 어떻게 삶의 무기가 되는가』를 소개했다. 출판업계는 눈길을 잡아끄는 제목이 베스트셀러 진입에 결정적인 역할을 했다고 평가했다. 책의 원제는 '무기가 되는 철학'이었지만, 판권을 사들인 다산북스는 고정관념을 깨고 호기심을 자극하기 위해 의문형 문장으로 책 제목을 바꿨다. 다산북스의 임경진 에디터는 "함축성이 강한 은유보다 친절하게 풀어 써주는 문장형이 최근 트렌드"라며 요즘은 책 제목도 광고 카피처럼 직관적으로 다가가는 것을 독자들이 선호하기 때문이라고 설명했다.

이어서 기사는 '에세이 열풍'의 주역들인 『곰돌이 푸, 행복한 일은 매일 있어』, 『죽고 싶지만 떡볶이는 먹고 싶어』, 『나는 나로 살기로 했다』, 『하마터면 열심히 살 뻔했다』, 『심리학이 이렇게 쓸모 있을 줄이야』 등을 열거하며 "끌리는 제목을 보고 책을 고르는 젊은 층이 늘면서 공감을 얻는 문장형 제목이 유행처럼 번지고 있다"라고 말했다.

2. 베스트셀러에서 볼 수 있는 제목의 4가지 유형

확실히 독자들에게 사랑받는 책의 제목들을 보면 네 가지의 유형을 확인할 수 있다.

1) 나를 존중하고 사랑하는 의미를 지닌 제목
과거에는 나보다 상대방의 기분을 이해하기 위해 노력했다면, 이제는 나를 지키고 나의 행복을 추구하는 기에 『당신이 옳다』, 『나는 나로 살기로 했다』 등이 나올 수 있었다.

2) 매력적인 캐릭터를 이용한 제목

『곰돌이 푸우』와 『빨간 머리 앤』, 『펭수』 등이 좋은 예이다.

3) 구어체로 표현된 제목

『하마터면 열심히 살 뻔했다』, 『박막례, 이대로 죽을 순 없다』, 『죽고 싶지만 떡볶이는 먹고 싶어』 등에서 볼 수 있다.

4) 관심과 호기심을 불러일으키는 인문학적 제목

『철학은 어떻게 삶의 무기가 되는가』, 『역사의 쓸모』 등을 보면 철학이나 역사를 학문이 아닌 우리의 삶에 끌어들인 것을 알 수 있다. 두 제목 모두 독자가 가질만한 화두를 던짐으로써 어렵게만 느꼈던 철학이나 역사에 좀 더 쉽게 다가갈 수 있게 만들었다.

3. 나도 카피라이터처럼

위의 조언들에도 불구하고, 책 제목을 정하는 일은 여전히 쉽지 않다. 책 제목에 관한 책들을 이리저리 살펴보던 나는 결국 카피라이터 '정철'의 『카피책』을 참고해 아래와 같이 이 책의 제목을 만들어 보았다. 책의 키워드라 할 수 있는 '혼자' '학원 없이' '책 쓰기' '글쓰기' '단계별' '에세이' 등의 단어들을 카피 쓰는 법칙에 따라 조합한 것들이다.

- 구체적인 표현 → '18가지 책 쓰기 방법'
- 낯설고 불편한 조합 → '아마추어 작가의 프로다운 책 쓰기'

- 독자와 마주보기 → '책 쓰기가 평생소원인 당신에게' '책 쓰기가 어려운 당신에게'
- 때론 재미있고 장난스럽게 → '어서 와, 책 쓰기는 처음이지?' '책 쓰기 삼국지'
- 반복과 나열 → '책, 책, 책쓰기'
- 모방과 패러디 → '책 쓰기의 정석' '슬기로운 책 쓰기' '나 홀로 책 쓰기'
- 단정 짓기 → '이제, 당신도 작가입니다'
- 엉뚱한 제목 → '1년이면 된다고?' '내가 작가라뇨?'
- 의성어와 의태어 → '시끌벅적 책 쓰기'
- 공짜, 무료, 덤, 할인 → '돈이 되는 책 쓰기' '돈 안 드는 책 쓰기' '공짜 책 쓰기'
- 라이벌 사용법 → '이제 학원은 망했다!'
- 역발상 → '초보로부터 배우는 책쓰기' '야매로 배우는 책쓰기'
- 캠페인 만들기 → '책 쓰기의 시대' '이제 당신이 쓸 차례입니다!'
- 유명인 이용하기 → '셰익스피어도 몰랐던 책 쓰기'
- 숫자 넣기 → '99%를 위한 책 쓰기' '책 쓰기의 18가지 전설'

나는 이렇게 만들어 낸 제목들을 블로그와 인스타에 올려 투표했다. 물론 출판사와도 충분한 대화를 나누었다. 그렇다면 결과는? 책 제목을 살펴보기 바란다.

첫 대면

오랫동안 불임으로 고생한 친구 한 명은 마흔이 넘어서야 인공 수정으로 딸 하나를 간신히 얻었다. 그런데 아기를 낳고 보니 엄청난 못난이였다. 가녀린 몸매에 하얀 피부를 지녔던 친구와 다르게 아기는 얼굴도 크고 피부도 까맸다. 출산 소식을 들은 친구의 가족과 친지들이 구름처럼 몰려들었지만, 아기의 얼굴을 확인한 사람들은 모두 입을 다물었다. 그나마 칭찬이라고 내뱉은 말은 '음, 아기네…'가 전부였다. 그래도 친구의 눈에는 아기가 한없이 예쁘고 사랑스러웠던 모양이다. 친구는 쭉 찢어진 아기 눈이 개성 있어 보인다고, 또 까만 피부는 꼭 흑진주 같다고 아기를 사랑스러운 눈빛으로 보았다. 어미의 심정을 아는 사람들은 정말로 그런 것 같다며 하나같이 고개를 끄덕였다.

내 책을 처음 만난 나 역시 친구와 비슷했다. 책을 만나기 하루 전, 출판사 대표님은 '작가님, 따끈따끈한 책이 제본되어 나왔습니다. 계약서 주소로 바로 보내드릴게요'라고 쓴 메시지를 보냈다. 그때부터 나의 심장은 요란스럽게 뛰기 시작했다. 아무렇지 않은 척 남편과 영화를 보고 친구와 커피를 마셨지만, 두근대는 심장을 좀처럼 가누기 힘들었다.

다음 날 아침, 나의 온몸은 귀로 변해 있었다. 오전 내내 신경을 곤두세운 채 현관 밖을 엿듣고 있었지만, 나는 아무 소리도 듣지 못했다. 그러다 오후가 되자 현관 앞에 박스 하나를 던지고 가는 둔탁한 소리가 들려왔다. 나는 부리나케 달려가 현관문을 연 뒤, 마침내 도착한 책 박스를 집안으로 들여왔다. 그리고 급한 손놀림으로 상자를 뜯어내자 빳빳한 서른 권의 책들이 모습을 드러냈다. 세상에! 지금까지 이렇게 아름다운 책을 본 적이 있던가! 입에서 탄성이 절로 나왔다.

제일 먼저 눈에 들어온 건 프리지어 꽃을 연상시키는 노란색 표지였다. 샌디에이고를 연상시키는 그림과 전체적인 디자인도 마음에 쏙 들었다. 인쇄소로 넘어간 뒤에도 걱정을 떨칠 수 없었던 목차마저 나름 괜찮아 보였다. 적당한 부피감에 서른세 개의 에피소드와 사진들을 품은 책은 더할 나위 없이 품위 있고 무게 있어 보였다. 더욱이 흔치 않은 성씨 때문에 늘 남의 놀림감이 되어왔던 내 이름마저도 책에서는 당당하게 보였다. 이게 내 새끼라니, 얼마나 기품 있고 아름다운가.

나는 책을 끌어안은 채 한동안 황홀경에 빠져 있었다. 하지만 곧 현실로 돌아와야 했다. 할 일이 너무나 많았다. 나는 정신을 수습하고 오랫동안 꿈꿔왔던 일들을 행동으로 옮기기 시작했다. 우선 증정본 5권과 25권의 책들을 책장으로 옮긴 뒤 가지런히 정리했다. 그리고 아기의 출생 사진을 찍듯, 이리저리 사진을 찍어댔다. 사진 찍기가 끝나자, 책장에서 책 세 권을 뽑아 간단한 메모와 서명을 적은 뒤 두 딸과 남편 몫으로 챙겨두었다.

　책을 보내야 할 곳이 한두 군데가 아니었다. 친정엄마와 동생들은 물론, 시댁 어른들과 친구들까지 챙기자면 한도 끝도 없었다. 게다가 책이 나오기 전부터 동네방네 떠들어댄 남편 탓에 미국에 있는 친구들까지 보내줘야 할 형편이었다. 어쩔 수 없이 전에 만들어 둔 목록대로 이름을 쓰고 나니 책장은 금세 비워지고 말았다. 그래도 책을 포장하고 주소를 쓰는 내 기분은 구름 위를 날아다니는 것 같았다.

　출판사는 고맙게도 다음날 바로 인세를 보내왔다. 인터넷 뱅킹으로 확인해 보니 통장에는 내가 생각했던 것보다 많은 돈이 들어와 있었다. 의기양양해진 나는 곧바로 돈 쓰는 일에 착수했다. 그날이 오면 내 물 쓰듯이 돈을 써보리라 오래전부터 마음먹고 있었다. 우선 나는 가족들을 불러 세워 고깃집으로 향했다. '오늘은 책 나온 기념으로 엄마가 쏜다!'라는 말이 떨어지기가 무섭게 두 딸과 남편은 무서운 속도로 고기를 먹기 시작했다. 셋은 갈비와 음료수를 시키더니, 불고기와 육회를 주문했다. 거기에 냉면까지 해치운 가족들은 디저트로 나온 과일을 먹고 수정과까지 들이킨 후에야 자리에서 일어섰다. 카운터에서 계산서를 확인한 나는 잠시 어지러움을 느꼈지만, 대체로 뿌듯한 마음으로 식당을 나섰다.

　다음날은 한층 더 분주했다. 나는 제일 먼저 우체국으로 향해 일일이 주소를 확인한 뒤 서른 권의 책을 모두 발송했다. 그리고 오는 길에는 출판사에 연락해 책 열 권을 추가 주문했다. 집에 돌아와서는 가족과 친지들에게 일일이 전화해 출간 소식을 알리면서 책을 보냈으니 읽어보라고 전했다. 오후가 되자 남편과 두 딸을 앞세워 백화점으로 향했다. 그리고 딸들에게는 운동화를, 남편에게는 겨울 패딩점퍼를 떡 하니 안겨주었다. 이역시 전부터 계획했던 일이라 그저 물건을 집어 계산대로 옮기는 것으로 끝이 났다.

이제는 내 차례였다. 내가 오래전부터 꿈꿔왔던 일이란, 바로 '책을 팔아 책을 사는 일'이었다. 온라인 서점의 장바구니에는 200권 가까이 책들이 쌓여 있었지만, 쉽게 비울 수 없었다. 사실 장바구니를 모두 비우는 건 책을 두세 권쯤 출간해야 가능한 일이었다. 하지만 스무 권의 책을 미리 추려놓았기에 '책을 팔아 책을 사는 일' 역시 금세 해결되었다. 이로써 나의 출간 세레머니는 서서히 끝나갔다. 육 개월에 걸쳐 글을 쓰고, 출판사와 계약하고, 그러고도 몇 달을 기다린 끝에 맞이한 결과였다. 하지만 그 기쁨과 환희의 순간은 불꽃처럼 밤하늘을 수놓았다가 이내 사라져 버렸다.

출간은 아이를 출산하는 일과 다름없었다. 글을 쓰고 출판사를 거쳐 출간을 기다리는 일은 배 속에 아기를 가진 채 열 달을 기다리는 일이었다. 또한, 출간을 앞두고 막바지 수정과 교정에 몰입하는 일은 출산의 고통과 비슷했다. 마침내 출간된 책을 마주하는 건 바로 출산의 고통을 이겨내고 태어난 아기를 가슴에 품는 순간과 일치했다. 이처럼 출간은 멀고도 험한 과정이었지만, 그만큼의 대가도 주어졌다.

출간은 내게 짧은 시간 동안 많은 것을 남겼다. 제일 먼저 아무 목적 없이 글만 써왔던 내게 작가라는 이름을 안겨주었다. 또한 작게나마 나 자신과 가족들에게 쏠 수 있는 인세도 주었을 뿐만 아니라 부끄럽게 여겨왔던 내 이름을 알릴 수 있게 해주었다.

물론 아기는 엄마에게 한없는 기쁨과 환희를 주는 대가로 수면 부족과 끝없는 노동을 불러일으킨다. 나 또한 출간이라는 짧은 순간을 위해, 수없이 자존심을 뭉개고 초라함을 느껴야만 했다. 하지만 아기의 미소 한 번으로 엄마의 고된 시간이 사라져 버리듯 출간의 기쁨은 모든 고통을 이겨낼 수 있게 했다. 그렇게 쓰고도 달았던 우리의 첫 만남은 그것으로 막을 내렸다.

작가들의 새로운 세계

세상을 변화시키는 힘은 이미 출판업계까지 손을 뻗고 있다. 이제 원고 지에 글을 쓰는 사람은 김훈 작가가 마지막이 아닐까 싶을 정도이고 출판 업계와 유통업계는 흩어졌다가 뭉치기를 반복하고 있다.

호랑이 담배 피우던 시절에는 작가가 너덜너덜해진 원고지를 직접 들 고 출판사로 찾아갔다. 그리고 편집자는 작가 앞에 앉아 원고를 대충 읽 어본 뒤, 그 자리에서 출간을 결정했다. 출판 제안서나 작가 소개서 같은 건 필요치 않았다. 출간이 결정되면 수정과 교정을 거친 후 인쇄소에 보 내져 책이 되곤 했다. 하지만 작가가 더는 원고지에 글을 쓰지 않듯, 출판 사는 수정과 교정보다 마케팅에 더 많은 에너지를 쏟는다. 또한 오프셋 방식으로 수천, 수만 부의 책을 한꺼번에 찍어냈던 인쇄소는 이제 디지털 방식으로 원하는 수량만큼만 책을 인쇄한다. 그렇다면 작가들의 새로운 세계는 어떤 모습일까?

1.텀블벅

혹시 젊은 창작자들에게 '핫'한 크라우드 펀딩을 아시는지? 크라우드펀딩Crowdfunding이란, 온라인에서 다수의 투자자로부터 자금을 조달하는 제도를 말한다. 2011년 유럽과 미국을 중심으로 진행된 크라우드펀딩은 한국의 영화투자, 제품, 출간까지 확대되고 있다.

'텀블벅(www.tumblebug.com)'은 한국의 대표적인 크라우드 펀딩 사이트로 예술, 문화, 콘텐츠를 중점적으로 다루고 있다. 독립적인 문화창작자들의 지원을 목표로 하는 텀블벅에서는 출간을 위한 펀딩 활동도 활발히 이뤄지고 있다. 물론 목표 금액에 이르지 못해 프로젝트에 실패하기도 하지만, 펀딩으로 목표한 금액의 수십 배를 거둬들이기도 한다.

텀블벅을 비롯해 앞에서 설명한 '브런치북' '쏨' 등을 가만히 살펴보면, 작가가 출간을 위해 선택할 수 있는 범위가 점점 확대되고 있음을 알 수 있다. 특히, 일상을 적은 에세이나 시집의 경우에도 '부크크'나 교보문고의 'e퍼플' 등으로 비용을 들이지 않고도 출간의 기쁨을 누리는 작가들이 점점 늘고 있다. 친구 중의 한 명이 '부크크'를 통해 시집을 냈는데, 소소하게 받고 있다는 그의 인세가 내가 받은 총 인세보다 많아 놀란 적도 있다. 이처럼 베스트셀러로 큰돈을 벌겠다는 욕심만 없다면 출간을 위한 길은 넓고도 다양하다.

2. '밀리의 서재'와 구독 서비스

국내 최대 독서 플랫폼 '밀리의 서재'가 2023년 10월 코스닥 시장에 상장했다. 조달한 자금은 콘텐츠를 추가로 확보하고 출간 플랫폼을 출시하는 데 투자하고, 인기 소설을 오디오북이나 웹툰·웹드라마 등으로 제작하는 재원으로 활용한다고 발표했다.

2016년 설립해 2017년 서비스를 시작한 밀리의 서재는 국내 독서 시장에 구독 경제 모델을 확신시킨 장본인이다. 현재는 독서 콘텐츠를 비롯해 도서 IP를 기반으로 오디오북과 오디오드라마, 챗북(채팅형 독서 콘텐츠) 등을 제공하고 있다. 지난해 9월 지니뮤직이 인수하면서 KT그룹에 합류했다.

밀리의 서재가 서비스하는 독서 콘텐츠는 12만 권에 달하며, 독서 플랫폼 가운데 국내 최대 규모다. 공급 계약을 맺은 출판사는 올해 8월 기준 1,500개 사를 넘어섰다. 종이책이나 전자책을 낱권으로 파는 기존 방식과는 달라 저자의 인세를 정확히 정산할 수 없다는 문제점에도 불구하고, 밀리의 서재는 2023년 8월 기준 550만 명으로 알려진다. 또한, '리디북스', 예스24의 '북클럽', 교보문고의 'sam무제한'과 같은 전자책 구독 서비스는 출판계의 주류로 자리 잡았다.

사실 구독 서비스를 바라보는 출판사와 작가의 시선은 곱지 않은 게 사실이다. 구독 서비스가 확산되면 독서 인구를 늘리는 데 도움이 되겠지만, 콘텐츠 생산자에게 돌아오는 이익은 보장되지 않기 때문이다. 이런 비판적인 시각 때문인지, 국내의 전자책 시장인 매년 20~30% 성장하는데도 출판사와 저자는 자신들의 신간을 선뜻 구독 서비스에 내놓으려 하지 않는다. 얼마 전까지 종합 베스트셀러 상위를 차지한 책들을 구독 서비스에서 찾아보기란 쉽지 않았다.

그런데 밀리의 서재가 종이책까지 넘보기 시작했다. 전자책뿐만 아니라, 김영하, 김훈, 공지영 같은 스타작가의 종이책까지 회원들만 읽을 수 있게 서비스를 확대한 것이다. 선인세를 많이 받는 유명 작가들에겐 문제가 되지 않을 수도 있다. 그러나 한해에 100억 원 이상의 투자를 유치하는 밀리의 서재가 영세 출판사와 무명작가들까지 챙겨줄지는 아직 미지수다.

작가가 글만 쓰면 되는 세상이라면 좋겠지만, 우리의 현실은 그렇지 않다. 그러니 초보 작가일수록 출판계의 상황을 잘 지켜보며 발 빠르게 움직여야만 한다. 물론 콘텐츠만 좋다면 간편해진 클릭으로 이득을 볼 수도 있을 것이다. 다만 자본과 인력을 움켜쥔 출판계의 공룡 업체들이 지금까지 지켜온 출판의 다양성과 자유를 해치지 않길 바랄 뿐이다.

머지않아 300~400원의 휴대폰 간편 결제로 마음에 드는 글 한 편을 읽을 수 있는 날이 반드시 오리라 본다. 이처럼 작가들의 세계는 세상만큼 불확실하고 변화하는 곳임이 분명하다.

'갑'이라는 왕관의 무게

출간 후 나는 조금이라도 책을 홍보하고 싶은 마음에 블로그에 '출간 일기'를 올리기 시작했다. 그중에서 가장 많은 댓글과 부러움을 일으켰던 글은 바로 인세에 관한 내용이었다. 그건 출간을 목전에 두고 있거나 인세를 받지 못한 작가들이 그만큼 많다는 증거였다.

출판사와 계약할 때 인세에 관해 묻지도 않고 따지지도 않았던 나 역시 인세에 대해 아는 게 별로 없었다. 내가 받은 인세가 과연 많은 것인지, 무엇을 기준으로, 언제 지급하는지 출판사에 한 번도 묻지 않았기 때문이다. 하지만 인세야말로 캐면 캘수록 복잡하고 이해하기 힘든 작가들의 세계였다.

우선 인세는 출판 방식과 출판사와의 계약 조건, 작가의 인지도, 원고의 수준에 따라 차등적으로 지급된다. 기획출판일 경우 작가에겐 6~10%의 인세가 지급되는데, 인세 기준이 '발행 부수'인지, '판매 부수'인지에 따라 비율이 달라진다. 잘 나가는 마케팅이나 비즈니스 분야에서는 초보 작가

일지라도 2,000부에 8% 이상을 지급하는 경우도 많았다. 하지만 대부분의 초보 작가는 500~1,000부를 인쇄하면서 6~7%의 인세를 받는 게 보통이다. 또한, 모든 작가가 받고 있다고 생각하는 10%의 인세란, 누적 판매 수가 1만 부까지 7%, 3만 부까지 8%, 5만 부까지는 9% 등의 단계를 거쳐야만 가능하다.

물론 이름만 대면 알 수 있는 유명 작가들에겐 12% 이상의 인세가 지급되기도 하고, '선인세'라는 이름으로 책이 나오기도 전에 인세를 받기도 한다. 무라카미 하루키가 한국에서 10억 넘는 선인세를 받았다는 사실은 출판업계에서 누구나 아는 비밀이다.

반면 내 주변에는 10%의 인세는커녕 오히려 흉흉한 소문만 들려왔다. 누군가는 판매 부진을 염려하는 출판사의 요구에 따라 자비로 출간하고 50%의 인세를 받기로 했다는 둥, 기획출판을 계약하고도 15~25%의 비용을 부담하는 반기획 출판으로 바꿨다는 둥, 판매가 부진해지자 출판사가 남은 책들을 모두 작가에게 떠넘겼다는 둥. 들을수록 답답하고 참담한 소식들이었다. 그에 비하면 1,000부를 인쇄하되 작가가 제일 먼저 400부를 구매하기로 합의했다는 이웃의 출간 소식은 그나마도 나은 편이었다.

출판사들이 이처럼 쪼잔한 인세 책정으로 '악의 축'이 된 건 '단군 이래의 최대 불황'을 겪고 있다는 출판업계의 열악한 환경 때문이다. 게다가 3개월이나 6개월 단위로 팔린 부수만큼의 인세를 지급하는 미국이나 여타 나라들과 달리, 책이 팔리기도 전에 작가에게 인세를 지급해야 하는 한국

출판사들의 부담감도 크게 작용하는 듯하다. 일 년에 7만 개가 넘는 출판 사들이 8만 여종의 출판물을 내놓지만, 재쇄를 하지 못하는 90% 이상의 출판사들의 딱한 사정을 생각하면 어느 정도 수긍이 간다.

어쨌거나 첫 번째 출간에서 1,000부에 7%의 인세를 받은 나는 그 끔찍한 소문들의 주인공이 되지 않은 것만으로도 가슴을 쓸어내렸다. 물론 작가들은 자신의 책을 집에 쌓아두고 있는 줄 아는 일부 몰지각한 지인들 때문에 나의 인세는 정가의 70%를 주고 내 책을 구매하느라 출판사 계좌로 야금야금 되돌아가던 중이었다. 손가락 모래처럼 빠져나가던 인세는 결국 요란한 숫자들만 남긴 채 통장에서 완전히 사라져 버렸다. 하지만 처음 받은 인세는 작가로서의 경험이란 이름으로 영원히 남았다.

요즘처럼 파스타 한 그릇보다 책 한 권 팔기가 어려운 시대에 인세는 작가의 자존심이자 곧 현실이다. 작가 장강명 씨는 어느 글에서 책이 1만 부가 팔리면 그 소설가는 '한국 소설의 미래' 소리를 듣지만, 정작 본인은 자기 인세로 외식 즐기기도 빠듯하다고 푸념했다. 사실 출판사 입장에서도 3,000~6,000부 이상 팔려야 경우 손익분기점을 넘길 수 있는데 그나마도 어느 책이 얼마만큼 팔렸는지는 파악할 수 없는 경우가 허다하다.

다행히 '다산북스'는 2020년 2월 국내 최초로 '저자 인세 공유 프로그램'을 오픈해 단순 판매 정보뿐 아니라 유통업체별 판매 정보까지 확인할 수 있도록 했다. 또한 '쌤앤파커스'는 장강명 작가의 푸념 소리를 들었는지 '인세 조회 서비스 앱'을 개발해 월별 종이책 판매량과 예상 인세 확인까지 가능하게 만들었다. 이는 작가들에게 책이 어디서 어떻게 팔리고 있는지 확인할 수 있게 만들어 준 획기적인 사건이다.

한국 출판업계의 현실은 잔혹하고 냉정하기 이를 데 없다. 작가가 평생에 거쳐 온 힘을 쏟은 책이더라도 출판사와 서점의 마케팅 도움을 받고 정부 지원사업과 지방자치의 혜택을 받아야만 살아남을 수 있다. 흔히들 아기는 배 속에 있을 때가 제일 편하다고 말한다. 출간 작가들에게도 방구석에서 글을 쓸 때가 제일 행복한 시간인지도 모른다.

영국의 대문호 셰익스피어는 작품 『헨리 4세』에서 '왕관을 쓰려는 자, 그 무게를 견뎌라(One who wants to wear the crown, bear the weight of the crown)'라는 유명한 말을 남겼다. 아무리 작다 하더라도 왕관은 그 나름의 무게를 지닌다. 출간의 '갑'이라는 왕관을 쓴 작가 역시 그 무게를 견뎌야만 한다. 그 별 볼 일 없는 왕관의 무게가 점점 늘어나 작가의 목을 짓누른다고 해도 말이다.

출간을 위한 다양한 P.O.D 플랫폼

P.O.D(Published on demand)는 컴퓨터를 이용해 고객이 원하는 대로 주문을 받아 책을 제작해 주는 서비스를 말한다. 원고 작성부터 제본에 이르는 출판의 모든 과정을 온라인으로 처리함으로써 출판 비용을 획기적으로 줄일 수 있다. 적은 부수의 책을 출판할 때 많이 이용하는데 독자의 수요를 파악해 재고를 최소화할 수 있는 장점이 있다.

1. e퍼플 (http://www.epubple.com)

교보문고가 e퍼플과 제휴하여 제공하는 무료 전자책 출판 서비스이다. 편집 프로그램을 사용해 작가가 원고 편집부터 수정, 인쇄까지 모두 책임져야만 한다. 하지만 출판사를 거치지 않고도 전자책을 제작해 판매할 수 있다는 이점이 있다.

2. 부크크 (https://bookk.co.kr)

한국의 유일한 자가 출판 플랫폼으로 2014년에 서비스를 오픈해 종이 책 3만여 권, 전자책 7천여 권의 도서를 출판하였다. 6단계로 나뉜 시스템을 이용해 재고와 초기 비용을 들이지 않고도 무료 종이 출판이 가능하다. 현재 유통이 가능한 온라인 서점은 예스24와 알라딘, 교보문고가 있으며, 제휴 업체들에도 판매가 이루어져 쿠팡이나 11번가, 네이버 등에서도 검색, 판매된다.

3. 브런치북(https://brunch.co.kr)

브런치 플랫폼에서 제공하는 툴을 이용해 작가가 직접 책을 기획하고 완성할 수 있는 프로그램이다. 브런치에 있는 글들을 한 권의 책으로 묶어 목차를 정하고 표지까지 완성함으로써 작가의 기획 의도를 완벽하게 구현할 수 있지만, 판매는 불가능하다.

4. 북랩(https://www.book.co.kr)

유익한 콘텐츠를 가진 작가라면 누구나 책을 출간할 수 있도록 도와주는 퍼블리싱 서포터즈이다. 2005년부터 POD 서비스를 시작한 북랩은 교정, 디자인, 인쇄, 배본, 유통까지 전 과정을 해결하는 출판 패키지 프로그램을 활용해 출판을 쉽게 이루어지게 한다. 또한, 자체 POS(Point Of Sales) 시스템으로 출간 후 판매 현황을 실시간으로 알 수 있다.

무소의 뿔처럼 혼자서 가라

출간 일기를 써가며 어떻게 책을 홍보할지 골머리를 앓고 있는데, 갑자기 출판사 대표님으로부터 메시지 하나가 도착했다.

> '작가님, PDF 파일은 블로그나 메일에 올리면 안 됩니다.
> 서체는 책에 사용하는 권한만 있습니다.
> 본문도 혹시 온라인에 있다면 삭제 부탁드립니다.
> 서체 저작권이 몹시 엄하답니다.'

메시지를 이해하기 힘들었던 나는 곧바로 대표님께 전화했다. 대표님의 친절한 설명에 의하면, 출판사에서 표지 디자인을 정할 요량으로 보냈던 PDF 파일들이나 편집된 본문들은 오직 책을 만드는 데만 사용할 수 있기 때문에, 일부를 복사해서 쓰거나 온라인에 올려서는 안 된다는 말씀이었다.

대표님은 블로그에 PDF 파일을 사용했다가 디자인 회사가 소송하는 바람에 결국 몇백만 원을 배상해야만 했던 어느 작가의 이야기를 덧붙이셨다. 그 얘기를 들은 나는 떨리는 마음으로 블로그에 올렸던 파일들을 살펴봤지만, 다행히 모두 JPG 파일들이었다. 다시 한번 가슴을 쓸어내린 나는 대표님께 감사하다고 말씀드렸다. 그런데 전화를 끊으려던 찰나에 대표님께 묻고 말았다.

"대표님, 책은 좀 팔리고 있나요?"
그러자 대표님은 마치 기다리기라도 하셨다는 듯이 말씀하셨다.
"작가님, 생각보다 책이 잘 안 나가네요. 블로그 활동 열심히 하고 계신 것 맞죠? 사실 저는 작가님 책 재밌게 읽었거든요. 그런데 홍보가 좀 부족한가 봐요. 열심히 좀 부탁드려요."
"아, 네. 저도 한다고 했는데, 아직 부족했나 봐요. 더 열심히 해볼게요."

가슴 속에 바위 하나가 떨어져 내렸다. 차라리 묻지나 말 걸 왜 쓸데없이 그런 걸 물어서 그 엄청난 짐을 덜어왔단 말인가. 그 때문에 나는 대표님께서 늘 말씀하시던 '일만 내고 뒤처리엔 관심도 없는 무책임한(?) 40대 작가 중의 한 명'이 되고 말았다.

출판사 대표님께 죄송한 마음이 들었다. 다른 작가들은 출간과 동시에 자신의 책을 수백 권씩 사들인다는데, 나는 고작 서른 권의 책만 구매했기 때문이었다. 게다가 작가 중에는 유독 마케팅에 자신감을 보이며 '고등학교 동창회 100권, 대학 동문회 100권, 친인척 100권, 해병대 동기

100권, 회사 동료들 100권' 식으로 책을 팔아보겠다며 팔을 걷어붙이는 경우도 많았다. 하지만 미국에서 오랫동안 지냈던 나는 내 책이 나왔노라고 떠들어댈 친구들이나 동기 하나 없었다. 그나마도 얼마 안 되는 지인들은 책을 보내달라고만 했지, 사주겠다는 사람은 거의 없었다. '책을 사주는 지인은 채 1%도 되지 않으며, 첫 출간 이후론 부모님께조차 출간 사실을 알리지 않는다'라고 고백했던 어느 작가의 말이 그제야 이해가 되었다.

당시 내 책이 얼마나 팔리고 있는지 가늠할 수 있는 유일한 방법은 온라인 서점 YES24의 '판매 지수'를 확인하는 것뿐이었다. 출판사 며느리도 모른다는 '판매 지수'란, 온라인 서점 YES24에서 집계하는 일종의 판매실적 수치를 뜻하는데 '상품의 누적 판매분과 최근 6개월 판매분에 대한 수량과 주문 건수에 종합적인 가중치를 주어 집계'한다고 알려져 있다. 하지만 이는 판매의 추이를 짐작할 수 있는 대강의 수치였을 뿐 정확한 판매 권수는 아니었다. 그런데도 판매지수를 클릭할 때마다 나의 손은 시험성적을 확인하는 수험생처럼 바들바들 떨렸다. 판매 지수가 조금이라도 오르면 하늘을 날아다니는 기분이었고, 반대로 떨어지면 지옥을 헤매는 기분이었다. 결국 나는 수면 부족과 신경쇠약까지 겪으며 절대로 판매 지수를 확인하지 않겠다고 다짐했지만, 쉽게 지켜지지 않았다.

그러던 어느 날 나 자신이 바보 같다는 생각이 들었다. 방안에 틀어박혀 판매 지수만 확인하면 무슨 소용이란 말인가. 뭔가 대책이 필요했다. 그때부터 나는 판매 지수를 확인하는 대신, 책을 홍보할 수 있는 방법을 찾아보기 시작했다.

   물론 판매 지수를 오르게 할 확실한 방법이 있는 건 아니었다. 인터넷을 찾아봐도 SNS를 통해 '서평 쓰기' '책 나눔' 등의 이벤트나 북 토크를 하는 게 전부였다. 국립도서관이나 공공 도서관에 '희망 도서'로 신청하는 방법도 있었지만, 내가 아닌 도서관의 회원이 직접 신청해 줘야만 했다.

   제일 먼저 나는 블로그를 손보기 시작했다. 미적 감각도 없고 컴맹에 가까운 나였지만, 두 딸과 책의 도움으로 그럭저럭해 냈다. 그리고서 '출간 일기'를 써 내려가는 한편, 온라인에 하나둘씩 서평들을 공유해 내 블로그에 옮겨 담기 시작했다. 정말로 눈물 나게 고마운 순간이었다. 얼굴 한 번 본 적 없는 나의 책을 사주고 서평까지 써준 이웃들의 따뜻함이 마음으로 전해졌다.

   블로그를 통한 홍보가 대충 마무리되자 나는 곧바로 서점들을 살펴보기 시작했다. 당시 우리 집 근처에는 얼마 전에 오픈해 홍보에 열을 올리고 있던 대형 서점 하나가 있었다. 어느 날 아침, 나는 무턱대고 서점으로 들어가 직원에게 내 책을 보여주며 북 토크를 열고 싶다고 말했다. 하지만 직원은 연락처를 대표님께 전해드리겠다고만 짧게 말하고 재빨리 사라져 버렸다. 서점에서 집으로 돌아오는 길은 멀고 마음은 심란했다. 그 날따라 거리는 텅 비어 보였고 하늘은 찌뿌둥하기만 했다. 울적한 마음을 가누기 힘들었던 나는 다른 서점에 가보기로 했던 계획을 취소하고 집으로 돌아와 버렸다.

따지고 보면 인세도 이미 받았겠다, 출판사라고 대단한 홍보를 하는 것도 아니겠다, 굳이 내가 나서야 할 이유는 없었다. 더욱이 2쇄, 3쇄를 찍으며 베스트셀러가 될 가능성도 없어 보였다. 하지만 내 글을 인정해 주고, 내 책을 만들어 준 출판사에 폐를 끼치고 싶지 않다는 생각만큼은 강했다. 막대한 비용을 들여 출간한 책이 팔리지 않으면 그 손해는 고스란히 출판사가 돌아갈 게 아닌가. 더욱이 내 이름으로 출간된 책이 물류 창고에 처박혀 있다가 폐기 처분되는 모습은 상상하기조차 끔찍했다.

축 처진 어깨로 현관문을 여는데 전화벨이 울렸다. 전화를 받고 보니 좀 전에 들른 서점의 대표님이었다. 서점 대표님은 그렇지 않아도 북 토크를 할 작가님들을 찾고 있었다며 당장이라도 만나서 일정을 잡고 싶다고 했다. 다음날 일찍 서점에서 만난 대표님과 나는 두 번의 북 토크 일정을 계획하고 포스터를 제작해 온라인과 지면상으로 홍보하기로 했다.

그때부터 많은 일이 시작되었다. 한 번의 성공을 맛본 나는 다른 서점에 연락해 쉽게 북 토크 일정을 잡았고 어떤 곳에서는 글쓰기 강좌를 열기도 했다. 글쓰기 강좌에서는 내 책을 교재로 삼거나 수강자들에게 선물로 주며 홍보를 부탁하기도 했다.

결코, 쉬운 일들은 아니었다. 나는 북 토크를 위해 서점의 특성을 고려한 영상과 자료를 수없이 준비해야만 했다. 어떤 서점에서는 책에 비중을 두고 '비하인드 스토리(?)'를 요구했던 반면, 어떤 서점에서는 글쓰기와 책 쓰기에 관한 이야기를 해주길 원했다. 하지만 새로운 독자를 만나고 책이 팔려나가는 모습을 직접 두 눈으로 확인한 나는 폭풍처럼 밀려드는 긴장감과 피로감에도 불구하고 북 토크를 계속 진행했다. 또한 북 토크를 열 때는 서점들 사이의 거리와 지역을 고려했고, 집 근처에서 서울, 지방 등으로 반경을 점점 넓혀나갔다.

북 토크를 진행함에 따라 내 삶의 반경도 넓어지기 시작했다. 마트를 제외하면 반경 5m를 넘지 않았던 삶의 테두리가 서점에서 또 다른 서점으로, 때론 강의실이나 학교로 점점 뻗어 나갔다. 모름지기 작가란 방구석에 틀어박혀 글만 써야 한다는 편견은 이미 오래전에 사라진 후였다. 그 대신에 작가는 책을 팔기 전에 자신의 삶부터 팔아야 한다는 생각이 자리 잡기 시작했다. 출간이란 내게 여전히 멀고도 험한 여행이었지만, 나는 무소의 뿔처럼 당당히 헤쳐 나갈 뿐이었다.

책 광고

요즘 출판사가 제일 좋아하는 작가는 책을 잘 파는 작가다. 어떻게 책을 파냐고? 제일 빠른 건 파워 블로거, 유튜버, 연예인처럼 유명인이 되는 방법이다. 말도 안 되는 소리 같지만 사실이다. 그렇다면 우리에겐 기회가 없는 걸까. 물론 있다. 많은 시간과 열정이 필요하고 효과도 미미하지만 어쩔 수 없이 가야 하는 길. 이제 그 길에 대해 알아보자.

1. 블로그

제일 만만한 방법이 아닐까 싶다. 파워 블로거라면 더할 나위 없이 좋겠지만, 평범한 블로거라도 열심히 하면 책 홍보에 도움이 된다. 블로그에는 직접적인 광고보다 작가의 꾸준한 책 이야기를 쓰는 게 효과적이다. 이 책 역시 책 홍보를 위해 썼던 블로그의 글에서 출발했다. 블로그의 이웃들은 부탁하지 않아도 입소문을 내준다. 물론 엄청난 효과는 아니더라도, 초보 작가에게 힘이 되는 건 사실이다. 하지만 받은 만큼 돌려줘야 한다는 사실을 결코 잊어서는 안 된다.

2. 인스타그램

요즘 가장 많이 활용되는 플랫폼이다. 인스타그램에 출간에 대한 계정을 따로 마련하고, 출간한 달 전부터 '책, 북튜버, 서평 이벤트, 독서 모임, 서점'에 관련된 사람들을 팔로우해 꾸준하게 책을 광고하는 것이 좋다. 다만 하트와 클릭 수가 곧바로 판매로 이어지지 않는다는 사실을 절대로 잊지 말자.

3. 굿즈 증정

슬프지만 굿즈를 위해 책을 사는 사람들도 적지 않다. 책의 주제와 어울리는 기막힌 굿즈를 찾아낼 수 있다면 그보다 유용한 마케팅은 없을 것이다. 내 주위에도 예쁜 머그잔 때문에 에세이집을 구매했다는 분들이 점점 늘어나고 있다. 또한 온라인 서점에서는 책값보다 비싼 강연 티켓이나 패키지 상품을 끼워파는 '왝더독(Wag the dog)' 마케팅 기법을 활용하기도 한다.

4. 서평 이벤트

중소형 출판사치고 이 방법을 쓰지 않는 데가 있을까 싶다. 그 정도로 많이 한다는 얘기다. 출판사도 하지만, 작가 개인적으로 서평 이벤트를 벌이기도 한다. 서평 이벤트만 전문적으로 하는 곳도 있으나 무료는 아니다. 이벤트를 할 때는 블로그와 인스타그램, 페이스북 등 서평이 골고루 올라갈 수 있도록 배분한다.

지금까지 출판사에서 많이 하는 책 홍보에 대해 자세히 알아보았다. 물론 많은 작가가 '저자 사인회'나 대형 서점에서의 '북 토크' 같은 멋진 이벤트를 꿈꾼다. 하지만 유명 작가가 아닌 이상 그런 이벤트를 열기 위해서는 대관료와 현수막, 포스터, 배너 등의 행사 비용을 부담해야 할 수도 있다는 사실을 기억하자.

SNS 대부분이 영상을 좀 더 상위에 노출시킨다는 점을 이용해 '북 트레일러'나 '카드 뉴스' 등을 제작하는 출판사들도 많다. 하지만 이 역시 많은 제작비용을 요구한다. 다행히도 카드 뉴스나 PPT를 직접 제작할 수 있는 앱이나 프로그램들이 많이 생겨나고 있다. 물론 여기에서도 이미지나 글씨체 등의 저작권을 살펴봐야 한다. 하지만 약간의 사용료를 내고 저작권 문제를 피해 갈 수 있는 '캔바'나 '망고보드'를 이용하면 큰 비용 없이도 카드 뉴스를 제작할 수 있다.

앞에서 이메일을 언급한 이유도 책 홍보를 위해서였다. 만약 총동원할 수 있는 인맥과 블로그, 인스타, 페이스북의 이웃들에게 책을 구구절절이 소개하는 편지를 보낼 수 있다면, 단순히 '좋아요'나 하트가 아닌 구매로 이어지게 만든다면 이보다 더 친근한 광고는 없으리라 생각한다.

나 역시 기회가 된다면 카드 뉴스와 이메일 소식지 등을 제작해 이메일로 전할 계획이다. 이처럼 작가의 상상력이 필요한 곳은 원고뿐만이 아니라 출판의 전 과정이다.

첫사랑

어느 잡지에서 작가들이 신간을 낼 때마다 겪는 고충에 관한 글을 읽은 적이 있다. 글에 따르면 작가들은 책을 낼 때마다 홍보를 위한 북 콘서트와 팟캐스트는 물론이고 출판사가 기획한 '독자들과의 저녁 식사'나 '맥주 파티' 같은 행사에 참여한다고 한다. 그뿐만이 아니라 예약 구매 독자를 위해 500부 이상의 친필 사인본을 밤새워 완성하고, '북 트레일러'라고 부르는 유튜브 홍보 영상까지 촬영한다는 것이다. 전국을 돌아다니며 별의별 일을 다 하면서도 정작 책은 '굿즈(goods)'에 끼워 팔아야 하는 자신의 신세를 작가는 매춘에 비유하기까지 했다. 하지만 이런 불평은 결코 아무나 할 수 있는 게 아니다. 출판사의 마케팅 지원을 받을 수 있는 작가는 극히 소수일 뿐인 데다, 베스트셀러 작가에 이름을 올리기 위한 피눈물 나는 노력과 재능이 없으면 절대로 불가능하기 때문이다.

『말의 품격』과 『언어의 온도』로 명성을 얻은 이기주 작가 역시 베스트셀러 작가가 되기 위해 부단한 노력을 기울인 것으로 알려져 있다. 2016년 발간한 『언어의 온도』는 2017년부터 인기를 얻어서 베스트셀러가 된

'역주행' 사례 가운데 하나일 뿐, 처음부터 주목받은 건 아니었다. 앞서 출간한 책들이 부진한 실적을 내고 줄줄이 절판되자, 이기주 작가는 차 트렁크에 자신의 책을 가득 싣고 전국에 있는 서점들을 돌기 시작했다. 가다가 서점이 보이면 작가는 차를 세워 서점 주인을 설득해 자신의 책을 진열했다. 그리고 서점에 앉아 책을 읽다가 자신의 책에 관심을 보이는 사람이 생기면 일일이 이야기를 나누고 사인에 사진까지 찍어줬다고 한다. 그런 식으로 6개월 넘는 시간 동안 하루도 빠트리지 않고 서점을 누빈 덕분에 이기주 작가는 두꺼운 독자층을 확보하게 되었다. 이기주 작가의 곱상한 외모와 지적인 말씨에 여성들이 홀렸을 것이라고 믿었던 나는 그 뒤에 숨겨진 작가의 오랜 노력과 행보를 알고 나서는 고개를 숙여야 했다.

대형서점과 온라인 서점의 확산으로 동네 서점이 많이 사라지긴 했어도, 새롭게 등장한 이색 서점들과 독립서점들이 전국에 하나둘씩 늘어나고 있다. 하지만 초보 작가들에게는 서점 역시 수많은 '갑' 중의 하나이다. 아무리 서점이 작다고 해도 도심에서는 이미 기라성 같은 작가들이 선점한 경우가 많았다. 게다가 간신히 서점에서 북 토크 일정을 잡는다고 해도 적지 않은 행사비나 대관료를 내야 하거나, 참석자들에게 선물할 수십 권의 책을 요구하기도 했다. 다행히 내가 북 토크를 열었던 지역의 서점들은 대관료나 행사비를 요구하기는커녕 교통비와 강의료까지 챙겨주셨다.

사실 출간한 직후에는 출판사가 나서서 대형서점의 북 토크나 사인회

등의 행사를 열어주길 은근히 기대했다. 하지만 대형서점들이 북 토크를 조건으로 출판사에 50명에서 100명 이상의 참가자와 기념품까지 요구한다는 소문을 들은 뒤 대형서점 쪽은 일찌감치 포기했다. 출간 전까진 나의 '갑'이라고 생각했던 출판사는 어느새 나와 같이 초라한 모습으로 서점과 독자들의 눈치를 보고 있었다.

어렵게 북 토크를 연다고 해도 구석에 틀어박혀 글만 쓰던 작가들에겐 새로운 도전이 시작된다. 북 토크에 오는 사람들이 모두 책에 관심이 있거나 책을 좋아해서 올 거란 생각은 나의 착각일 뿐이었다. 에세이로 가득한 내 책을 뒤적거리면서도 여행서냐고 묻는 사람은 차라리 애교에 가까웠다. 미국 문화와 교육에 관한 내 책을 보고 '미국 제국주의자의 책인지 몰랐다'라며 그 자리에서 문을 박차고 나가시는 어르신들도, 에세이는 별로라며 북 토크 내내 입을 삐죽거리는 젊은 여성도 북 토크에 온다는 사실을 나는 미처 알지 못했다.

책 이야기를 하다가도 불쑥불쑥 터져 나오는 "작가님은 어떤 작가를 좋아하세요?", "혹시 이 작가보다는 잘 쓸 자신이 있다고 생각하는 작가가 있으신가요?"와 같은 질문 때문에, 북 토크 내내 다른 작가와 다른 책 이야기만 하다가 끝낸 적도 있었다. 어느 날에는 날카로운 인상의 어느 청년이 "작가님은 문학이 뭐라고 생각하시나요?"라고 다짜고짜 묻는 바람에 이제 막 첫 책을 출간한 초보 작가와 일 년에 책 한 권 읽을까 말까 하는 독자들이 모여 '한국 문학의 현재와 미래(?)'를 논하기도 했다. 또한 글쓰기 강의에서는 학부모들과 육아와 교육에 관한 이야기를 나누다가 밤

늦게까지 유학 상담을 하기도 했다. 늦은 밤 파김치가 되어 집에 들어서면 남편은 전국을 누비는 약장수 같다며 짠한 눈빛으로 나를 바라보곤 했다.

북 토크가 익숙해지면서 나는 전국의 서점들을 표시한 지도를 벽에 걸어두고 마치 적의 고지를 점령하듯 진격해 나갔다. 물론 개중에는 엉뚱한 방향으로 흘러가거나 예상치도 못한 벽을 만나는 경우도 많았다. 하지만 그로 인한 낯선 만남과 새로운 경험이 싫지만은 않았다. 영국의 사회 비평가였던 존 러스킨은 '우리는 하루하루를 보내는 것이 아니라 내가 가진 무엇으로 채워가는 것이다'라고 말했다. 그의 말처럼 내가 지닌 무언가로 삶을 새롭게 채워나가는 여정이 고마울 따름이었다. 작가로서 영원한 '갑'인 줄 알았던 출판사와 서점, 독자 역시 '책의, 책에 의한, 책을 위한' 이웃이자 동료란 사실을 나는 조금씩 깨달았다.

작가에게 첫 책은 첫사랑과 비슷하다. 온 마음과 정성을 기울인 책은 작가에게 절대로 잊을 수 없는 추억이다. 하지만 어설픈 만큼 실패하기도 쉽다. 초보 작가들의 책이 베스트셀러가 되기란 '낙타가 바늘구멍 빠져나오기'만큼이나 어렵고 '하늘의 별 따기'보다 힘들다. 더욱이 출간의 길고 긴 고통에 비해 한 줌도 되지 않는 기쁨을 비교한다면 차라리 출간하지 않는 게 오히려 정신 건강에 이롭다는 생각마저 든다.

그런데도 나는 여전히 사람들에게 출간을 권한다. 학생들에겐 학교생활을, 엄마들에겐 육아의 어려움을, 간호사들에겐 병원 생활을 쓰라고 말한다. 물론 출간을 통해 어떤 사람은 부귀영화를 누릴 수도 있고, 어떤 사람은 '쪽박'을 찰 수도 있다. 하지만 출간으로 얻게 되는 인생의 변화와 깨달음은 다행스럽게도 모든 작가에게 공평하게 주어진다. 평범한 내가 출간을 결심할 수 있었던 것도 바로 그런 이유 때문이었다. "우리는 알기 때문에 쓰는 것이 아니라, 쓰기 때문에 참으로 알게 된다. 책을 쓴다는 것은 가장 잘 배우는 과정 중의 하나이다"란 말은 40여 권의 베스트셀러를 내고 작고하신 구본형 작가가 책을 통해 우리에게 남긴 귀한 가르침이었다.

많은 작가가 여전히 출간을 두려워하거나 망설인다. 물론 출간은 우리에게 많은 것을 약속하지 않는다. 미래를 위한 투자나 보험은 더더욱 아니다. 하지만 새로운 세계를 열망하고 참된 지식을 꿈꾸고 있다면 더는 출간을 미루지 말자. 출간이란, 지금까지 발견하지 못한 당신의 꿈과 잠재력을 찾는 길고 먼 여행이니 말이다.

독서 문화 플랫폼 '책씨앗'

출간 이후 도서관과 학교로부터 북토크나 강의를 꾸준히 의뢰받고 있다. 최근에는 중학교로부터 북토크를 제안받아 나의 첫 소설인 『은유법』을 학생들과 함께 읽으며 꿈과 독서에 관한 깊은 이야기를 나누기도 했다.

작가에게 강의는 인세만큼 중요한 부분을 차지한다. 강의는 독자에게 내 책을 직접 홍보할 수 있는 기회를 주는 동시에 인세보다 훨씬 더 많은 수입을 가져다 주기 때문이다. 강의나 북토크는 사서 선생님들이 책을 읽고 작가에게 직접 연락해 이뤄지기도 하지만 많은 부분 '책씨앗'을 통해 이뤄진다.

책씨앗(www.bookseed.kr)은 도서관과 출판사를 연결하는 새로운 유형의 독서문화 플랫폼으로 창비출판사가 2016년부터 운영하기 시작했다.

출판사들은 신간 정보와 함께 도서관이나 학교에서 진행하는 저자와의 만남 등 각종 독서문화 프로그램을 책씨앗에 게시할 수 있고, 도서관들은 이에 관한 정보를 열람하고 활용할 수 있다.

출판사들은 신간과 관련된 저자들의 강의나 각종 독서문화 프로그램을 진행함으로써 도서관과 독자들에게 책을 홍보하게 된다.

도서관 입장에서는 저자와의 만남, 원화 전시 등을 진행하기 위해 각 출판사에 개별적으로 연락해 일정이 맞는지 조율해야 하는 번거로움을 덜 수 있다. 전에는 도서관 행사에 비협조적인 출판사 때문에 적지 않은 어려움을 겪어야 했는데, 책씨앗 덕분에 그런 불편함에서 벗어나게 되었다는 사서들이 많다.

책씨앗은 주제별 큐레이션과 월별 추천 도서를 정리한 '월간 책씨앗' 목록을 사서와 국어과 선생님들에게 무료로 제공한다. 또한 3월과 9월에는 신학기 대비 '초등 교과 연계 추천 도서 목록'과 '청소년 주제별 추천 도서 목록'을 엑셀 파일로 다운받아 수서에 활용할 수 있도록 하고 있다.

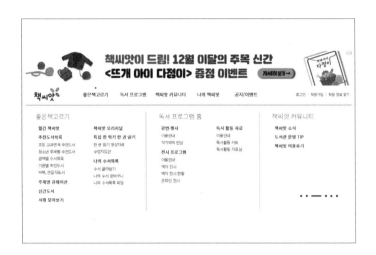

　책씨앗에서 작가들이 눈여겨봐야 할 것은 바로 '작가와의 만남'이다. 이곳에 등록하면 강의가 필요한 도서관이나 학교로부터 쉽게 연락을 받을 수 있다. 강의 등록은 대부분 출판사가 하지만 작가가 직접 게시가 가능하다.

　처음에는 초보 작가인 내가 무슨 강의를 할 수 있겠나 싶겠지만 저자나 작가를 필요로 하는 곳은 생각보다 많다는 것을 금방 깨닫게 될 것이다. 이처럼 책씨앗은 출간과 더불어 작가로서 누릴 많은 기회와 기쁨을 제공한다.

출간후오는것들

2022년 한국 고용정보원 조사에 의하면, 한국에서 가장 돈 못 버는 직업은 '시인'으로 알려졌다. 한동안은 1위 자리를 놓고 '자연 및 문화해설사'와 다투기도 했지만, 시인과 소설가는 상위 5위 안에 자리해 왔다. 이처럼 문학 관련 직업은 '돈 못 버는 직업'으로 명성이 자자하다. 문체부 조사에 따르면 문학인들은 대다수 월 100만 원 이하의 수입을 얻었다고 한다.

그런데도 사람들은 책 쓰기를 멈추지 않는다. 한국인의 평균 독서량은 세계 166위로 바닥을 치고 있는데 오히려 출간되는 책들은 점점 더 늘고만 있다. 독서 모임에서도 회원끼리 책을 내고, 대학에서는 졸업 논문 대신 책을 내기도 한다. 심지어 초등학생들도 공부한 내용을 정리해 출간하기도 한다.

이처럼 많은 사람이 출간에 나서는 이유는 지식이 세분되는 데다 전자책과 POD의 발달로 책 쓰기가 쉬워진 탓도 있다. 하지만 그게 전부는 아닐 것이다. 책 쓰기가 아무리 쉽다고 해도 돈벌이도 별로 되지 않는 일에 사람들이 그처럼 많은 시간과 에너지를 쏟는 데에는 특별한 이유가 있다는 뜻이다.

다른 사람은 관두고 나의 경우를 생각해 보자. 대관절 나는 왜 책을 쓰기로 맘먹었을까. 우선 글을 쓰기 시작한 이유는 조지 오웰이 책 『나는 왜 쓰는가』에서 밝힌 것처럼 남들에게 똑똑해 보이고 싶거나 이야깃거리가 되고 싶은 '이기심' 때문은 아니었다. 그렇다고 체험한 바를 나누고자 하는 '미학적 열정' 때문에도 아니었고 '역사적 충동'이나 '정치적 목적' 때문은 더더욱 아니었다.

하이데거는 '인간은 언어라는 거처에 살아갈 뿐만 아니라 창작은 불투명한 존재를 긍정으로 이끈다'고 설명했다. 하지만 아무리 생각해 봐도 나의 글쓰기는 충동에 가까운 행위였을 뿐 분명한 이유가 없었다. 그나마 다행인 건 출간의 이유는 몰라도 그 이후의 변화는 확실히 설명할 수 있다는 점이다. 출간 후 내가 느낀 변화는 다음과 같다.

1. 독서에서의 변화

작가의 독서는 일반 독자들과 다를까. 물론 다르다. 일반 독자들이 책에서 읽을거리를 찾는다면 작가는 창작 거리를 찾는다. 출간 후 나의 독서 역시 많은 변화를 겪었다. 재미와 취미 활동에 지나지 않았던 독서는 힘들어도 해내야 하는 과제가 되어버렸고 무엇하나 대충 넘길 수도 없었다. 모르는 단어나 마음에 드는 문장이 생기면 반드시 기록하고 나중에 인용할 명언도 따로 챙겨두었다. 또한 새로운 사실에 민감해졌고 쉽게 용하는 대신 비판하고 분석하는 시간이 늘어났다.

무엇보다도 달라진 점은 책 뒤에 숨겨진 작가를 찾아낸다는 것이었다. 단 한 줄을 위해 작가가 찾아 헤맸을 자료와 문서, 책 등을 생각하면 나는 문장 하나도 허투루 읽을 수가 없었다. 아무리 나에게 맞지 않는 책이더라도 책을 쓰는 시간만큼의 작가의 고뇌와 갈등 앞에선 숙연해지곤 했다. 그 덕분에 나의 독서는 날이 갈수록 촘촘해지고 깊어져만 갔다.

2. 세상과 사람을 바라보는 시선의 변화

출간 전 세상은 나에게 티끌만큼의 관심도 없는 '타자'들로 가득했다. 하지만 작은 책 한 권을 출간하면서 세상은 변하기 시작했다. 타자들은 내 책을 읽고 사줄 '독자'로 변신했고 세상 역시 나에게 관심을 보이기 시작한 것이다. 책을 통해 만난 사람을 만난 사람들은 독자는 물론이고 함께 할 이웃이자 동료였다. 더욱이 그들의 이야기를 듣게 되면서 한 사람 한 사람 모두가 하나의 책이란 사실도 조금씩 깨닫기 시작했다. 출간은 내게 '사람이 곧 책이고, 책이 곧 사람임'을 뼛속 깊이 가르쳐 주었다.

3. 삶의 반경에서의 변화

가끔 작가는 방구석에서 글만 써야 한다고 생각하는 사람들을 만난다. 한때는 나도 비슷한 생각을 했었다. 작가는 모름지기 세상과 연을 끊고 사유와 창작에 몰두해야만 한다는 강박관념을 가졌기 때문이었다. 하지만 책을 내고 나서야 알았다. 책을 낸다는 것은 세상과 소통하는 일이고 책을 팔기 위해선 비즈니스적 마인드를 지녀야 한다는 사실을 말이다.

사실 책을 알리고 파는 시간은 책을 쓰는 시간보다 훨씬 길고도 고되었다. 게다가 수많은 사람을 만나고 모르는 동네도 휘젓고 다녀야만 했다. 하지만 그 덕분에 내 삶의 반경도 넓어지고 높아졌다. 작은 책 하나로 삶에서 한 계단 올라선 나는 세상을 더 널리, 더 높이 볼 수 있게 된 것이다.

나에게 출간은 산을 오르는 일과 다르지 않았다. 짜릿한 순간도 있었고 절박한 순간도 있었다. 하지만 환희와 절망을 오갔던 순간들은 결국 나 자신을 한층 성숙하게 했다. 모든 작가가 출간을 원하는 것도 정상을 올랐을 때의 기쁨 때문인지도 모른다. 험하고 가파른 절벽을 오르면서도 계속 앞으로 나아가는 만드는 힘. 그것이야말로 작가들이 계속 책을 쓰는 이유가 아닐까. 이처럼 허망하면서도 매력적인 출간을 마음속에 두고 있는 여러분을 위해 마지막으로 당부하고 싶은 말이 있다. 너무나 상투적이지만 여전히 심금을 울리는 말, 'Stay foolish, stay hungry'. 여러분의 행운을 빈다.

이 책을 쓰기 위해 많은 책에 신세졌음을 고백한다. 『내 문장이 그렇게 이상한가요』 (김정선, 유유), 『서평 글쓰기 특강』(김민영/황선애, 북바이북), 『수필문학입문』(윤오영, 태학사), 『수필 창작론』(정동환, 역락), 『커피 한 잔 값으로 독립출판 책만들기』(김지선, 새벽감성), 『카피책』(정철, 허밍버드), 『출판사 에디터가 알려주는 책쓰기 기술』 (양춘미, 카시오페아), 『출판사가 OK 하는 책쓰기』(최현우, 한빛미디어) 등이다.

본 개정판은

최원희, 윤여강, 정유진, 최득수, 이승희, 강경민, 조형권, 이하림,

박수미, 김현진, 문기용, 박찬희, 이기수, 황희연, 김두원, 조유리,

김현우, 박수은, 박의진, 임지헌, 전지헌, 여련새, 복진옥, 김윤선,

어찬수, 이상은, 신용섭, 달빛, 김일단, SEI, 박복수, 조주호, 복진모,

이기석, 김봉연, 복서정, 달과 함께, 로지, LuckStealer 님의

후원으로 제작되었습니다. 이 자리를 빌어 감사의 말씀을 전합니다.

브런치 하실래요

개정판 1쇄 인쇄일 ｜ 2023년 12월 16일
개정판 1쇄 발행일 ｜ 2023년 12월 26 일

지은이   복일경
펴낸이   루카
펴낸곳   도서출판 세종마루
출판등록   제2023-000012호
주소   세종시 마음로 322, 2210동 602호
전화   (0507) 1432-6687
E-mail   sjmarubook@gmail.com
ISBN   979-11-983476-1-9(03800)